JN217559

Can I Start An Item Collecting Quest Here?

ここに採集クエストはありますか？

Fukuba Mitsutsuki
福場三築

Illustration 三登いつき

クルリ
魔族の奴隷少女。
廃棄される寸前にライルと出会う。
スキル玉を吸収し成長していく。
ライル
本編の主人公。
三度の飯より採集が好き。
所有スキルは『採集』
ただひとつ!
登場人物紹介
MAIN CHARACTERS

ヒギル
謎めいた放浪者。
魔剣を追い大陸を横断してきた。
戦闘能力がずば抜けて高い。
グロテスク
多くの命を糧に生まれた魔剣。
幼女の姿に擬人化する。
触れた者には呪いが降りかかる。

その少年の名はライル。生粋《きっすい》の採集馬鹿である。

ライルは生きてきた十五年の歳月を、ほとんど採集に費《つい》やしていた。だが、そんな彼も孤独が好きなわけではない。

「あぁ……仲間が欲しい」

昨日の『フィヴァレスの儀』の後から、どうも村のみんなに避けられているようだ——ライルはそう感じていた。

いつもなら一緒に来てくれる幼馴染《おさななじみ》のレイトも、「二度と俺に関わるな」と言ってきた。

そのため今は、岩の如《ごと》く地面を離れようとしない薬草と、長時間一人で格闘している。

ウノーラ大陸の南端に位置するここラーティア王国も、今はまだ肌寒い。

このまま諦めるのは癪《しゃく》だが、寒さに当てられ如何《いかん》せん体が持たなかった。

「俺は採集スキルひとつで満足なんだがなぁ」

フィヴァレスの儀とは、十五歳の成人式を迎えた人間が、才能の神フィヴァレスから才能——通称スキルを授けられる儀式である。

昨日、十三個のスキルを授かった幼馴染レイトの次に、ライルも教会で儀式を受けた。

しかし授かったのは、ノーマルスキルである『採集』ひとつだけだった。

どんな人間でも最低五つはスキルを授かるはずなのに、たったひとつのライルは異端そのもの。

一日で噂《うわさ》は広まり、村では忌《い》み子だとか悪魔が取り憑《つ》いているだとか、言われ放題であった。

「ぐぬぬぬぬ……」

ライルはそれを思い出しながら、力いっぱい薬草を引っ張った。

周囲との温度差を肌で感じる。人々はライルが出来損ないだと嫌な顔をしていたにもかかわらず、彼は与えられたスキルを見て大喜びしていたのだ。

「うおっしゃあ‼」

頑固《がんこ》な薬草を引っこ抜き、雄叫《おたけ》びを上げる。反動で後ろに倒れ、盛大に土を被ってしまうがお構いなし。ライルは立ち上がり意気揚々と言った。

「やーい、どうだ見たか！　採集スキルを持った俺に、採れない物などないんだぞ！」

スキルがひとつしかなかろうが関係ない。

そのたったひとつが採集スキルであるならば、ライルは百のスキルを得たも同然なのだ。

何せ三度の飯より採集が好きなのだから――。

◆　◆　◆

採集の途中でオカメイノシシの牙《きば》を三本拾い、ホクホク顔のライルは、アキシスの村にある冒険者ギルドへ足早に向かった。

「どうもー、依頼達成したんで持ってきましたー」

十三歳で冒険者ギルドに登録して以来、毎日のように通っている。もちろんギルドが斡旋《あっせん》してくれる採集クエストを受けるためだ。

今では顔馴染も出来、こうしてギルドに入れば数人の冒険者が「ようライル、今日も採集クエストか？」と笑顔で返してくれるはずだった。

しかし今日はとても反応が悪い。やはりフィヴァレスの儀が原因なのだろう。

「何だか冷めてますね、不景気ですか？　まぁ良いや。はい、依頼のヒヤク草です。ついでにオカメイノシシの牙三本も拾ったんで、これも精算してくださーい」

麻袋に入った中央が黒ずんだ草と、長さが疎《まば》らな牙を三本、テーブルに置く。

受付の女性は眉をひそめながらもそれらを受け取り、対価として銅貨二十五枚を差し出した。

ありがとうございますと言いながら、ライルはそれらを受け取り足早にギルドを出た。

そして家へと向かいながら、嘆息混じりに呟《つぶや》く。

「うーん、やっぱり態度が変わるなぁ。採集の何が悪いんだよ全《まった》く。採集効率は上がるし、状態は良くなるし、知識も入ってくる。最高じゃあないか！」

ノーマルスキル——採集。
採集作業が効率的になる。採集物の状態が非常に良くなる。採集物の概要が何となく理解でき、練度が上がると詳しい情報まで分かる。

幼い頃から熱望していたスキルが手に入り上機嫌のライルだが、周りの反応は少し応《こた》えた。

「俺が良いって言ってんだから良くない？　ひとつだろうがふたつだろうが他人には関係ないっつーの。レイトまで俺を避けやがって。悪口は構わないけど、避けられるのは嫌なんだよ」

レイトの奴め薄情だ、と大声で叫び、少しばかり鬱憤《うっぷん》を晴らす。

ライルは自宅に着くと、落ち着くために簡素なベッドに寝転んだ。

ここは元は母親の寝室だった。母はライルが十三歳になったある日、病気で死んでしまった。

父親なんてライルが生まれた直後に死んでしまっていた。

だからこそ冒険者ギルドに登録し、生活のために毎日採集クエストを受けているのだ。

「それにしてもおかしいな、このスキル」

そう言ってライルは目を閉じ集中した。

浮かんでくるのはスキル『採集』の情報。こんなことができるだなんて教会は説明してくれなかった、と思いながら、さらに意識を集中させてみる。

すると『採集ポイント』『採集倉庫』『採集図鑑』の項目が現れた。

ノーマルスキル『採集』には、採集図鑑だとか、採集ポイント、採集倉庫だなんて性能も、ましてやこんな文字が浮かんでくるだなんて、なかったはずなのだ。

「どういうことだろう……」

試しに採集ポイントの方に意識を集中させてみると、紙がめくられるような感覚がして、『採集ポイント――27』と浮かぶ。

「スキル図鑑で読んだのと違う……」

一度教会でスキル図鑑を読ませてもらった時に見た『採集』の項目には、こんなことは一切書かれていなかった。

「まさか、ユニークスキル……とか？」

スキルには、ノーマルスキル、レアスキル、ユニークスキルの三種類がある。

ノーマルスキルとは、通常のスキル『採集』のような普遍《ふへん》的なもの。多くの人はこのノーマルスキルでスキル欄が埋まっている。

レアスキルはノーマルスキルよりも希少価値が高い。中には性能が低かったり、運が悪くなったりするものもあるが、比較的高性能なスキルが多い。

ユニークスキルとは唯一無二のスキルで、その人以外は誰も持っておらず希少価値が高い。そもそもユニークスキルを持っている人自体、かなり少ないのだ。

「まさかなぁ」

スキル名は才能の神フィヴァレスが決めているというが、ノーマルスキルとユニークスキルの名前が同じ、なんてことがあるのだろうか。

ライルは今一度目を閉じ、次なる項目『採集倉庫』に集中してみた。

またぞろ紙をめくるような感覚とともに現れたのは、ずらりと並んだ四角のイメージだった。何これ、と思いながらも脳内に流れてくる奇妙な情報に思わず声を上げる。

「えぇ？」

採集ポイントの時には特に何も感じなかったにもかかわらず、この倉庫を開くと丁寧な解説が流れてきた。要約すると「採集したものを保存しておけますよ」とのこと。

「保存って……でもどうやって」

そう思うと、「手に持って念じれば良いんですよ。出す時も同じです」と食い気味で脳内解説された。

試しに床に落ちていた砂をひとつまみしてみた。念じてみたが、何も起きない。

首を傾《かし》げていると「今のあなたでは採集できません」みたいなことを、物凄く堅苦しい言葉で言われた。古語かこれは。

ライルは仕方なくもう一度山へ行き、剣山のように生えているヒヤク草を一本採ってみる。

ヒヤク草は食べると自然治癒《ちゆ》能力を高める効果がある。

ただしとても苦いため、口に入れようものならものの数秒で嘔吐《おうと》してしまう。だから基本的に煎《せん》じて飲む。煎じても苦いものは苦いが。

「念じる、ねぇ……」

未だ半信半疑のライルは、何だか心の声に踊らされている自分に羞恥心《しゅうちしん》を感じながら、覚悟を決めて強く念じてみる。

すると不思議なことに、今の今まで手の上にあったヒヤク草が消えた。

「おうマジか」

素でそんな言葉を発しながら、採集倉庫を開いてみる。

なんとそこには、羅列《られつ》された長方形のひとつに『ヒヤク草1』という文字が刻まれていた。

奇跡のような現象に興奮したライルは、すかさず仕舞ったヒヤク草を取り出そうと念じてみる。

さすれば先ほどと同じ感覚が手に伝わり、手のひらにヒヤク草が一本現れたのだった。

「すげぇ！」

ライルの声が山の中で反響した。

いやしかしと冷静になるライル。もう一度手のひらのヒヤク草を収納し、再び手の上に出す。

やはり見間違いではない。見間違いではないが……。

「なんか、手からうんこ出してるみたいな感覚だな」

最低である。

◆　◆　◆

ラーティア王国南部にあるウィンスター伯爵領。その南東に位置するアキシスの村。

東には森や山が広がり、南には湖がある自然豊かな村だ。

ライルはその周辺で、授かったスキル『採集』が、ノーマルスキルではなくユニークスキルであることを確認する実験を行っていた。

東の森の中で、手にヒヤク草を握ったまま棒立ちになり、意識を次なる項目『採集図鑑』に移す。するとと頭の中に現れたのは、何も書かれていない本のようなもの。ぱらぱらとめくると、『植物』という項目が出てくる。

もう一頁めくると、ぽつりと『ヒヤク草』という文字があった。すぐさまその単語に意識を向ける。

植物――ヒヤク草
剣山のように群生している薬草。葉の中央が黒ずんでいる。

経口摂取すると自然治癒能力が上がる。そのまま食べると苦すぎて嘔吐することがほとんど。

生でも一応効果はある。煎じると苦味が緩和される。

獲得採集ポイント――1

生成に必要な採集ポイント――3

予想はしていたが、読んで字の如く図鑑らしい。

ヒヤク草とオカメイノシシしか載っていないところを見ると、スキル取得前に採った山菜や薬草は登録されていないらしい。スキルの発現後からカウントされているようだ。

しかし後半のポイントとは？

察しは付いているので、採集ポイントの項目を見てみる。先程見た時は27ポイントだったのに対し、今は1ポイント増えて28ポイントになっている。図鑑通りである。

試しに手に持ったヒヤク草を落としてもう一度拾ってみる。が、ポイントは増えていなかった。

確認のため、そこらに生えているヒヤク草を三本引き抜いてみる。

するとポイントは31に増えていた。その三本を落として拾ってみるがやはり増えない。

どうやら一度拾った時点でポイントが加算され、それ以降は同じ物では増えないらしい。

次に、生成に必要な採集ポイントというとても気になる文言《もんごん》を見る。

生成と念じてみると、ヒヤク草がぽんと手に現れた。相変わらず排便のような感覚である。

採集ポイントを確認してみると、28ポイントに減っていた。

「なるほど……」

要するにだ、基本的にこのスキルはノーマルスキルの『採集』となんら変わりない性能を持っていて、追加で以下の効果を得られるというわけだ。

採集すると『採集図鑑』に登録される。

同時に『採集ポイント』が溜まる。同じ物を二度拾っても溜まるのは一回目だけ。

さらに採集したものは『採集倉庫』に入れることが可能。容量の限界は今のところ不明。

そして『採集図鑑』に登録されたものは『採集ポイント』を消費して、生成することが可能。ポイントは獲得採集ポイントの三倍？

最後に、生成する時と倉庫から出す時は手からうんこをしている感覚がある。

「採集スキルだけでも嬉しいのに、こんなとんでもスキルを手に入れてしまうなんて……！」

ライルは嬉しくなり、片っ端からヒヤク草を引き抜いていく。乱雑に抜いたつもりだったのに、やっぱり状態が良い。流石《さすが》は採集スキルである。

引き抜いたヒヤク草は倉庫に仕舞う。

倉庫には合計三十五本のヒヤク草が溜まり、採集ポイントは58ポイントとなった。

◆　◆　◆

この世界にはふたつの大陸があり、それぞれウノーラ大陸、サノーレ大陸と名付けられている。

そしてウノーラとサノーレに挟まれるようにして存在すると言われているのが、神々の土地ズガイ。

ライルの夢は、この三つの地それぞれに生えているとされる、三種の花を採集することだった。

ウノーラの中心に生えた創造の花『ツク』。

サノーレの中心に生えた論理の花『ロジク』。

ズガイの中心に生えた天頂の花『ツムジク』。

この三本は、それぞれ神の起こす奇跡のような力を持つとされる。

人々はこれらに魅了され、幾千年もの間追い求めている。しかし未だ見つけた者はいない。

今では誰もがただの夢物語だと諦めている。何せズガイは見つかってさえいないのだ。

しかしライルは幼い頃からその存在を信じ、一度も疑わなかった。

友人だったレイトにすら馬鹿にされ、あるはずがないと否定された。それでも諦めなかった。

その夢を、本当に叶えられる可能性が出てきたのだ。

ユニークスキル『採集』。これはライルに光をもたらした。

現在ライルはスイネンという桃色の花を、とある墓に供《そな》えて目を閉じている。

母と父の墓だ。

スイネンとは死者を弔《とむら》う花とされ、その花が放つ特徴的な甘い香りは、死者を浄化してくれると言われている。

「行ってくるよ。母さん、父さん」

ライルは目を開け、墓に微笑みかけた。

持ち物と金を確認し、踵《きびす》を返して墓の前から立ち去る。

この日、一人の少年が村を発《た》った。誰もが迷信だと一笑に付《ふ》す夢を、いつか叶えるために。

「やっぱ、仲間が欲しいな。お手伝いさんとか」

そう呟く表情は緊張していて、でも口角が上がっていて、どこか楽しそうだった。

鞄《かばん》をぎゅっと抱きしめて、スキップ混じりに村の門を潜《くぐ》る。まだ冷たい春の風に吹かれながら。

◆　◆　◆

父親が冒険者時代に使っていた剣を携えて、舗装《ほそう》もされていない道をライルは歩いていた。

この世界には、人類に害を為《な》す『魔物』が多く存在する。

しかしこの近辺にはいないようで、護身用に持ってきた剣が役に立つこともなく二日間旅は続き、目指す街が目の前まで迫っていた。

「あれがヘイヌか……」

ヘイヌの街はウィンスター伯爵領の北東部に位置する山の麓《ふもと》にあり、この山を越えるとウィンスター伯爵領ではなくなる。

なお少しばかり南西に向かうと、ウィンスター伯爵邸のあるウィンスの街がある。

ヘイヌにはアキシスより大きな冒険者ギルドがあり、依頼も豊富で、お金を稼ぐにはもってこいの場所である。ついでに、もうひとつの目的もあった。

「この金で足りるかなぁ。足りないよなぁ」

それは、採集スキルを持った奴隷《どれい》を買うことだった。

たとえ新しい仲間を募《つの》ったところで、スキルがひとつだとバレてしまえば終わりだ。

故に、たとえスキルのことを知られたとしても反抗されない、逃げられない奴隷が好ましい。

ちなみに、ライルの現在の所持金は９６２０レス。銀貨九枚と銅貨六十二枚である。この「レス」というのがお金の単位になる。

「まずは稼ぐしかないな」

街に入る際に銀貨二枚という痛い出費をして、滞在するための手続きを終えたライルは、自身の村より圧倒的に栄えたヘイヌの街を見て、思わず感嘆の声を漏らした。

建ち並ぶ建物と、どこを向いても一人二人は必ず視界に入る人口密度に、驚かざるを得ない。

しかしこうしちゃいられないと歩き出し、早速ギルドへ向かった。

「どうもー……」

ギルドの前に着いたライルは恐る恐る扉を開け、中の様子を窺《うかが》う。

一瞬数人の視線がこちらを向いたが、すぐに会話へと戻った。

ライルはキョロキョロとギルド内を見回し、村のギルドとの違いにまたも驚きながら、受付へ向かった。

カウンターの前に立ったライルは、下級冒険者用のギルドカードを取り出し、受付に提示する。

冒険者には階級があり、初級、下級、中級、上級、超級、極級の六段階に分かれる。

最初は誰もが初級で、受けたクエストの質や当人の力量などで上下するのだ。

ライルは十三歳から冒険者を始めたので、初級は卒業している。しかし採集クエストしか受けていないので下級止まりである。

ライルは受付がギルドカードを確認すると、こう質問した。

「ここに採集クエストはありますか？」

◆◆◆

ライルはクエストボードを眺めながら、ささやかな羞恥に耐えていた。

どうやらこのギルドではクエストボードに貼《は》られた依頼を自分で選び、受付に持っていって依頼を受けるらしい。

先程「ここに採集クエストはありますか？」と聞いたら、「は？」という顔をされ、「何を仰《おっしゃ》ってるんですか？」と言われた。

すぐさまクエストボード前に案内されたが、しばらく恥ずかしい気持ちに堪えていた。

周りの冒険者が「おいあいつ随分悩んでるな」と囁《ささや》き始めた頃に、ようやく適当な採集クエストの依頼書を剥《は》ぎ取る。

依頼内容は『マズイの実三個の納品』。

依頼料は銀貨三枚と高めだ。そのクエスト用紙を見ると、受付嬢は怪訝《けげん》そうな顔をした。

「おい、あの男馬鹿だぜ。マズイの実の採集クエストだってよ……」

「ハハ、三つもかよ。無理無理。この辺のはもうとっくに採り尽くされてるさ」

「金に目が眩《くら》んだんだろ……って、報酬はたったの３０００レスかよ。普通一個１万はするもんだぜ。なんだよ、何も知らないただの馬鹿か……」

周りの冒険者達も何かひそひそと話している。

ライルも雰囲気くらいは感じることができたので、眉をひそめながらクエストを受けた。

「採集クエストで３０００レスか……」

受付を済ませ、依頼書を確認しながら北の山へ向かう。

北の山の森は深く、湿度が高い。

「ここならタキの木やウルオイ草もありそうだな……」

呟きながら、マズイの実を探す。

マズイの実とは、壺《つぼ》のような形をした赤い果実である。上下の先端は黄色く、中は白く、種が五つから七つほど入っている。

食べると酸味と甘味のバランスが良く、とても美味《おい》しい。

通常マズイの木一本に対し、二個か三個しか実をつけない。ひとつしか実がついていないということもしばしばある。

人工で育てるのは不可能と言われる植物で、天然の木を探すしか手に入れる手段がない。

「たった三つで３０００レスももらえるわけだ……」

適当にそこらの草花を採集しながら、マズイの木を探しているのだが、全く見つからない。

正確には一本見つけたのだが、実が付いていなかった。

西国には群生していると聞くので買えば良いのだが、かなり高かった気がする。

おそらく依頼主はケチって冒険者ギルドに格安で依頼したのだろう。格安とはいえ一個で銀貨一枚もするが。

「ん？　あれは……」

水の流れる心地よい音が聞こえたと思えば、近くを川が流れていた。

近付いてみると、なんとも幅の広い川で、近くにはタキの木が何本か生えていた。

「やっぱりあったな、タキの木！」

タキの木とは水辺によく生えている木で、幹にも枝にもたっぷりと水分が詰まっており、枝を切ってしばらく待つと水が出てくる。

水辺以外でも発見され、貴重な水分補給の手段として重宝《ちょうほう》されていた。

「そしてタキの木があるということは……」

タキの木周辺の地面を探すと、お目当ての物があった。

しっかり根元から採集したのはウルオイ草。タキの木の根元によく生えている草で、そのほとんどが水分で出来ている。

口に含めば飲んでいるのか食べているのか分からなくなるくらいで、天然の水筒にもなった。

「いやぁ、このぷっくらした感じが最高に可愛いな」

ウルオイ草を口に含みながら、持参した鉈《なた》でタキの木の枝を数本切り落とし、即座に採集倉庫に仕舞う。本来ならその場で垂れてくる水を啜《すす》るのが普通だが、スキルの特権だ。

試したところ、倉庫内では時間が経過しないらしい。

根元に生えているウルオイ草もいくつか採集し、同じように倉庫に仕舞った。

「おぉ、気付けば採集図鑑もちょっと埋まってるし、ポイントも増えたな」

採集ポイントは１７３ポイント溜まっていた。

道中なんやかんや拾っていたのが功を奏したのだろう。とはいっても、採集したものしか生成できないので、ポイントはまだ役に立たなそうだが。

何に使おうかと考えながら、森を散策する。

そうしているうちに、またもマズイの木が目に留まった。しかし実はひとつもついていない。

落胆しつつ、最後の希望として周辺に実が落ちていないか探してみる。

「落ちてないか……」

ぐるりと一周して、どこにも無いと諦めかけたその時、目に入ったのは黒い塊《かたまり》。

もしやと思い近づいてみると、それは腐ったマズイの実だった。

表面に黒い斑点《はんてん》がいくつも浮かび、萎《しお》れてしまって、強烈な甘い香りを放っている。

「これじゃ流石に収穫とは言えないよな……」

そうぼやきながら、人差し指と親指で腐った実をつまむライル。

いや待てよ、と閃《ひらめ》いたこの時の自分を褒めてやりたい。

「増やせんじゃね……？」

思い立ったが吉日。

ライルはすぐさま採集図鑑を開き、植物の一覧からマズイの実の項目を探した。

ヒヤク草でもなければウルオイ草でもタキの木でもなく……あった。『マズイの木』の項目。

開くとそこには、木とともに実の説明まで載っており、救いのような一文が書かれてあった。

獲得採集ポイント――20
生成に必要な採集ポイント――60

どうやら腐っていても実は実らしい。採集にカウントされていた。

ポイントもちゃっかり加算されており、現在のポイントは１９３。

三つ生成して１８０なので、ぎりぎり足りる。

ライルは意気揚々と三つ生成し、採集倉庫に仕舞った。

採集倉庫には採集した物しか入れられないと思っていたが、昨日うっかり生成したヒヤク草を採集倉庫に入れてしまったことで、生成したものでも同じく仕舞えると分かった。

拾うことと採集することの違いがよく分からないが、今は気にしないでおこう。

ライルは顔面に笑顔を貼り付けて、ヘイヌの街に戻った。

道中「手からマズイの実を出すのはまずいよな」と思い、背負っている鞄に入れておいた。

ついでに採集した薬草やキノコもいくつか、精算用に鞄に仕舞った。

「すみませーん、依頼完了したので報告と精算に来ましたー」

アキシスの村のノリで言ってみたが、ギルドの受付嬢の冷たいこと冷たいこと。

誰でしたっけ、と言わんばかりの目でこちらを睨《にら》んできた。

今度からこのノリはやめようと決意しながら、ライルは自身のギルドカードとマズイの実、ついでに薬草とキノコを台の上に乗せる。

その瞬間周りの冒険者達がどよめいた。

「おいマジかよ。アイツ、マズイの実を三つも……!?」

「今朝方依頼受けてなかったか……？　いくらなんでも早すぎるだろ」

「嘘だろ、まだこの辺にマズイの実があるってことか……？」

「んなわけねぇだろ。どうせどこかで買ったもんを持ってきてんだろ……！」

「そうだそうだ、俺だって昨日腐ってるのを一個見つけたくらいだ……」

「でもよ、そんなことして何の意味があんだよ。1万レスで買ったマズイの実を1000レスで提供するなんて、損しかしねぇじゃねぇか」

「分からねぇ。不正としか思えないが……証拠があるわけでもあるめぇし」

受注時と同じく繰り広げられるひそひそ話にライルはまた眉をひそめる。今は気にするまいと受付嬢に視線を向ける。

マズイの実を見た受付嬢は少し驚いたように眉をあげ、ライルの顔を確認してから、冷たいながらも興味深そうに言った。

「運が、良かったのですね……、最近マズイの実を見ることも少なかったのですが……三つも」

「ええ、たまたまですよ」

腐った実を元にスキルを使って生成しただけなんだけれども、ライルは誤魔化すように笑みを浮かべ、報酬の銀貨三枚と、追加で銅貨十六枚をもらいギルドを出た。

マズイの実を持ってきたということで少しだけ他の冒険者達の視線が刺さった気がした。自意識過剰だろうか。

◆　◆　◆

所持金は1万2780レスとなった。

奴隷の相場が分からないから何とも言えない。そりゃあ高い奴隷は買えないだろうが、安い奴隷なら買えるのではないだろうか。

ライルはどんな奴がいるのか情報を仕入れてやろうと、この街にある奴隷館に向かった。

奴隷館に着いたライルは、早々に刺々《とげとげ》しい言葉を浴びせられてしまった。

「たったの1万レスしか持ってないだぁ？　おめぇここに飯でも食いに来たんじゃあねぇだろうな」

恰幅《かっぷく》の良い男は表情を歪めながら目の前にいるライルに悪態をつく。

奴隷館にやってきたライルは個室に通された。だが揉み手胡麻《ごま》擂《す》りだった男は、ライルの所持金がたったの1万レスであることを知った途端に態度を変えた。

そして、説教でもするかのようにふんぞり返り文句をたれ始めたのだ。

「全くアイツが来てからろくなことがねぇぜ」

ぼやきながら紅茶をがぶがぶと飲む。ついでと言わんばかりに、ライルに用意されたはずの紅茶も奪い飲み干した。

「安い奴隷で良いんですが……」

「うちは安くても10万からだ」

吐《は》き捨てるように告げた奴隷館の男だったが、ふと何か思いついたように前のめりになり、にやついた顔でライルに向かって言った。

「確か、採集スキルを持ってる奴なら誰でも良いんだったな」

何を突然にまにまと、と思ったライルだが、とりあえずそうだと頷く。

「だったらぴったりの奴がいるぞ。粗悪品で、廃棄しようかどうかと迷っていたが、そうするにも金がかかるんでな。特別に1万で譲ってやるよ」

偉そうに言っているが、粗悪品を1万もの金で売ろうとしているのだ。正直どんな奴かと心配になる。

極悪人だったらどうしようなんて思いながらも、体を左右に揺らしながらどかどかと歩く男のあとをついて行く。

「おら、コイツだ」

そこにいたのは、痩《や》せ細り骨の形がくっきりと浮かび上がった少女だった。

藁《わら》の上で力無く横たわり、辛《かろ》うじて呼吸で体を揺らしている。ボロボロの貫頭衣姿だ。

「魔族……」

その少女は、人間と魔物の混血と言われる『魔族』だった。

肌は痣《あざ》のように青白く、とても人間とは思えない。手入れなんて微塵《みじん》もされていない白い頭髪は、ぼさぼさと箒《ほうき》のように疎《まば》らに伸びている。

左額に生えた一本の角が特徴的で、彼女が魔族であることを示していた。

「そいつなら1万で譲ってやってもいい。それ以外なら最低でも10万からだ」

10万レス貯まるまで待つか、それとも今1万レスでこの子を買うか。

飢《う》えて今にも死にかけている少女には、とてもじゃないが採集を手伝えるとは思えない。

ただ彼女に食事を与えて働けるようにすれば、1万レスと少しで済む。

「どうだ？　買うのか？　買わないのか？　買わないのならそろそろコイツも殺すが……。つってもどうせ勝手に死ぬだろうがな」

この少女が殺される――。

平然と廃棄すると言っていたし、奴隷が殺されることなんてよくあることなのだろう。ライルもそれを理解している。

しかしいざその現状を目《ま》の当たりにすると、どうしても心が揺さぶられる。

「買います」

彼女を買ったところで奴隷商人が潤《うるお》うだけなのだから、これは完全に自己満足だ。

だが自己満足で結構。自慰行為で結構。自分は多くを救えると思うほど自惚《うぬぼ》れていないし、力が無いことくらい自覚している。

そもそも多くを救うつもりなんて毛頭ない。でも目の前で困っている人がいたら、助けないと気が済まなかった。

この少女はそれを望んでいないかもしれない。

だがそんなことは知らない。ライルが助けたいから助けるのだ。

「まぁそもそも助けるのが目的ではなく、採集を手伝ってくれる反抗しない奴隷が欲しかっただけなんだけれどね……」

そう自嘲気味に苦笑しながら、奴隷の少女を買って奴隷館の外に出た。

まるで死体のようにぐったりとした少女を抱えて歩く一人の少年に、周囲の視線が注がれる。

気にするまいとライルはこれから拠点とする宿へ向かったのだった。

◆
◆
◆

宿の一室、簡素なベッドと申し訳程度の収納スペースがあるだけの粗末な部屋で、ライルは少女を下ろして一息つく。

信じられないほど少女は軽く、自分が背負っていた鞄の方が重かったのではないかと思ってしまった。

「いやぁ、視線が痛かったな……」

奴隷を抱えて宿にやってきたライルを見つめる視線はとても鋭く、皆一様に顔をしかめていた。

さて、とライルは鞄を開けて、小瓶をふたつと水筒、さらにお皿と匙《さじ》を取り出す。

小瓶の中に入った黄色いペースト状の物を皿に移し、そこに水を注ぐ。

軽く混ぜ、水が黄色味を帯びてきたところに、もうひとつの小瓶に入った粉末状のものを入れる。

後は粉末が、ある程度黄色いペーストに溶けるまで混ぜる。

お湯ならばもっと早く溶けるのだが、今は急を要する。

仰向けに寝ている奴隷少女の上体を起こし、少女の口を指を使って無理やり開く。

歯がギザギザだ。歯も磨《みが》いてあげなければと思いながらも、ギザギザの歯をこじ開け、口の中に黄色い液体を匙を使って流し込む。

口の端から少量の液がこぼれているが気にしなかった。

「よし、とりあえず今はこれで良いか。起きたら何か食べさせてあげよう。確かワシヅルウサギの肉がまだ残っていたはず……肉、食べられるのかな」

そう心配しながら、出した道具を片付ける。

まず黄色いペーストの入った小瓶。これはナンカイケ草という薬草で、葉が黄色い。栄養を多く含んでおり、肉を食わずともこれだけ食っていれば生きていけると言われる薬草だ。

鞄に入れておいた薬草や山菜の内のひとつである。

もうひとつの白い粉末は、チョットダケというキノコを乾燥させて粉末状にすり潰したものだ。

単体ではちょっとだけ甘酸っぱいキノコだが、他の薬草と一緒に摂取すると、薬効をちょっとだけ上げる効果がある。

栄養失調だった少女にこれらを摂取させることで、少しは効果が望めるはずだ。

ライルは少女が起きる前に、少女の体を拭《ふ》いてあげようと布に水を染み込ませる。

相変わらずの肌の色だが、今は汚れをどうにかしてやらねばならない。

申し訳ないと思いつつ、少女の貫頭衣を脱がせ、濡らした布で体を拭いた。

見れば見るほどがりがりで、内臓があるのかと思わせるくらいに腹が凹《へこ》んでいる。

栄養が足りないと逆に腹が膨《ふく》れると聞いたことがあるのだが、そうはなっていないようだ。

折れそうな腕や脚を優しく撫でるように拭いていく。

どうやら青白い肌は素のようだ。顔を拭き歯も磨いてやり、最後に自分用の服を少女に着せた。

その際に奴隷用の首輪――奴隷輪が目に留まり、何とも言えない気持ちになった。

「奴隷を買うってのも精神的にしんどいな。やっぱり普通に友達作るべきだったかも……」

肺の空気を全て押し出すような嘆息が、静かな一人部屋に響いた。

◆　◆　◆

あれから三日経ったが奴隷少女は起きていない。三日前よりも少しばかり顔色が良くなり、ほんのちょっぴり肉が付いてきたような気がする。

流石はナンカイケ草だ。ライルが病気の時に、母親がこれを飲ませてくれたが、驚く程に気力が湧いてきて、あっという間に完治したものだ。

「じゃあ行ってくるよ」

そう言ってベッドに寝かせた少女を見ながら部屋を出た。

本当ならば起きるまでは一緒にいてやりたいが、お金を稼がなければならない。ライルは足早にギルドへ向かった。

いつものようにクエストボードを見て、採集クエストを探す。しかし大体が討伐クエストだ。

討伐クエストの方が圧倒的に報酬が高いのだが、興味が湧かない。

本当にお金に困っているならやらないでもないが、採集クエストでも毎日やれば生活は可能だ。

そう思いながらヒヤク草とウルオイ草の納品クエストを手に取り、受付へ向かった。依頼を受注し、ギルドを出る。

受付の際に、周りの冒険者の噂話が耳に入ったのだが、どうやらここ最近、北の山にも魔物が現れ始めたらしい。弱い魔物だし冒険者が狩っているから、別段気にする必要も無いが。

あまり遭遇したくはないなと思いつつ、腰に携えた分不相応な剣を軽く握って安心感を得る。

森に着いたライルは、お目当てのヒヤク草とウルオイ草を探した。採集倉庫に入っている分では少し足りなかったのだ。

まずはヒヤク草。これは比較的どこにでも生えている類《たぐい》の草なので、わざわざ探しに行くという程でもない。なのでウルオイ草の生えている川辺に向かう道中で採集した。

次いでウルオイ草。

「あったあった」

川辺に生えている天然の水筒を、根元からせっせと引き抜いていく。やはり採集スキルのおかげか効率が良い。

ただ量が量なだけに、この近辺だけで足りるかな、なんて不安を募《つの》らせていた時、ライルの人生を大きく変える出来事が起きてしまった。

「うん？」

首を傾げたライルの視線の先には、光る何かが落ちていたのだ。

ライルはウルオイ草の採集を一旦中断し、その光る何かのもとに歩み寄る。

少しばかり警戒しながら、屈《かが》んでその光る謎の物体を拾い上げる。

「幸運……？」

その光る謎の物体は、眼球のようなサイズの小さな玉で、表面に『幸運』と書かれていた。

すぐさま採集図鑑を開く。これが採集できるものなら図鑑に載っているはずだ。

パラパラとページをめくるような感覚。

最初に出てくるのは『植物』のページ。次は『動物』、そして『菌《きん》類』。植物だと思っていたキノコはここに載っている。

最後に『鉱物』。ここに載っていなければ、光る玉の正体が分からない。しかし、昨日拾った二種類の石だけが載っており、新しい項目は増えていなかった。

何だよと落胆する。落胆して、気付く。

「次が、ある……？」

今までは『鉱物』という分類が最後だった。恐る恐るページをめくる。

「スキル……？」

そこにはさも当然のように『スキル』という分類があり、開くと『幸運』の文字があった。

そう、この光る謎の玉はスキルだったのだ。

◆◆◆

採集したは良いが、スキルの使い方がイマイチよく分からない。

悩みながらライルは宿へ戻っていた。

とりあえずヒヤク草とウルオイ草をかき集め、ギルドの受付に渡したライルは、鎌をかけるように、台の上にスキル玉を置いてみた。

だが、こんなに目立つのに受付嬢は見向きもしない。

思わず「あれ？」と声に出してしまい、受付嬢に変な顔をされたのは言うまでもなかろう。

受付嬢の手に触れてもスキル玉は微動だにしなかったため、常人には見ることも触《さわ》ることもできないと判明した。

ライルはどうしたものかとスキル玉を手に取り、精算を終えてからギルドを出た。

「ノーマルスキル幸運、少し運が良くなる……。獲得採集ポイント１００、生成に必要な採集ポイント５００……」

採集図鑑にてスキル幸運の解説を読む。

見る限り、他のアイテムの『生成に必要な採集ポイント』は『獲得採集ポイント』の三倍なのに、スキルは五倍のようだ。

物凄く地道に溜めていかなければならないし、生成するためには図鑑に登録しなけりゃならないから少なくとも一個は手に入れないといけない。生成する価値は薄そう。

とはいえ、そもそもこの玉の使用方法がよく分からない。

頭の中の声は、堅苦しく「胸に手を当てて考えなさい」とかよく分からないことを言っていた。試しに言われた通りに胸に手を当ててみたし、ついでにスキル玉を胸に当ててみたが意味はなかった。

残された可能性は口から呑《の》み込むだが、万が一のこともあるからあまり試したくはない。

ライルはとりあえず今回の報酬で夕飯用の肉を買ってから、ついでに調理用の加熱道具を買った。

今までは干し肉だとかパンだとか適当な保存食で済ませていたが、在庫も尽きた。

道具といってもただのお椀のようなもので、その下に小さな箱が付いている。

この中には『炎石』というものが入っていて、火打ち石で火花を飛ばすと勝手に燃え始めるのだ。

炎石は物凄く燃えやすいので要注意。乾燥した時期は特に危なくて、火事の原因にもなる。

水はウルオイ草が生えていた川で調達しておいたので問題ない。

今日はコノメスブタの肉でスープでも作ろうか、と考えながら帰宅。

「あっ」

「ぁ……」

ライルと同時に声を上げたのは、いつの間にやら体を起こして呆然としていた奴隷の少女だった。

少女はすぐに自分の置かれている状況を理解し、ベッドから崩れ落ちるように降り、震える手を合わせながら掠《かす》れた声で言う。

「ご、ごめん、なさい、何でもします……、ゆる、して……」

少女は視線を泳がせて、震える手を震える手で押さえながらどうすれば良いのかと困惑していた。

とりあえず落ち着かせようと、ライルは一歩踏み出す。

「ひぃ！」

彼が部屋に入った途端少女は頭を押さえ、蹲《うずくま》ってガタガタと震えながら、必死に「ごめんなさいごめんなさい」と連呼している。

怖がられることをしたつもりはないのだが、この怯《おび》えようにライルの戸惑いは増すばかり。

「と、とりあえず落ち着こう。な、な？」

右目は前髪で隠れており、辛うじて角のおかげで髪がかき分けられ、左目は見えているものの、その垂れた瞳はとてつもなく怯えている。

マズイの実のような赤い瞳が動揺のせいで、あちらこちらに向いている様《さま》は見ていられない。

あまりにも怯えるので自分が悪魔か何かにでもなった気分だ。

どうにか落ち着いてもらえないだろうか……。

この子は奴隷の身分を理解しているようだし（過剰だけれど）、むしろその立場を利用して、強制的に落ち着かせるというのはどうだろうか。

奴隷商人、もしくはそれに協力する人間は基本的に『契約』というスキルを持っており、それを応用して、主人に絶対服従させる奴隷輪を作り出せる。

現在少女が首にはめているそれだ。だから命令すれば少女は聞かざるを得ない。

先程の生易しいお願いなどではなく、命令となるとそれなりに強制力が働くらしい。

どんなものかは分からないが、今はこれが手っ取り早いだろう。

確か彼女の名前は……。

「奴隷クルリに命ずる。落ち着け」

ライルがそう言った途端、奴隷少女――クルリは黙る。正座をして黙ってこちらに顔を向けた。

「なっ……」

その表情は苦悶《くもん》に満ちており、涙を浮かべながら何らかの力によって強制的に声を出すことを止められているようだ。

まるで首でも絞められているかのような彼女に慌てて駆け寄り、命令の解除を行う。

途端に力が抜け、クルリはまたもや意識を手放した。

くたりと体の力が抜け、その場に倒れたクルリを抱え、ベッドに寝かせる。

ライルは自分の浅はかな行動を後悔し、頭を抱えて懊悩《おうのう》した。

そして誓う。二度と命令は使わないと。

やがてライルは重たい体を起こし、ナンカイケ草のペーストとチョットダケの粉末を取り出し、いつものようにナンカイケ草の薬液を作る。

あの時別の方法で落ち着かせていれば、普通の食事を与えられたのに、と考えながら。

◆◆◆

翌日。結局クルリが目覚めることもなく、ライルは朝からクエストを受けていた。

クエストは全てマズイの実の納品依頼だ。

『マズイの実五つで1万レス』『マズイの実ひとつで3200レス』『マズイの実三つで8000レス』『マズイの実ひとつで3000レス』の四つ。合計、マズイの実十個だ。

先日このギルドで納品依頼が達成されたと聞いたのだろう。妙にマズイの実の依頼が増えている。調べてみたところ、西国から取り寄せれば一個で1万はするという。

とてつもなく格安で手に入れようとしているのだろうが、これでもライルにとってみればありがたい。前回の依頼よりはかなり高額なのだから。

こうも大量にマズイの実の納品依頼を受けることを、不審がる受付嬢を何とか誤魔化し、ライルは北の森にやってきた。

目的はふたつ。採集ポイントを600まで溜めることと、ある植物を採集すること。

そう思ったところでふと気付く。

「あぁそうだった、キノコは『植物』じゃなくて『菌類』という分類だったな」

ライルが探しているのはワキヤクキノコで、ワキヤクという木の根元に生えている。

ワキヤクキノコの生えているワキヤクとは、ヤクという木の一種。

遠目から見ると特徴が薄く、太くも細くも高くも低くもないのだが、近付いてよく見ると皮に独特の模様がある。

用途はせいぜい椅子や小棚といった小さい家具を作る程度。故に日常ではほとんどお目にかからなかった。

その根元に生えているワキヤクキノコもまた、見た目は特徴がない。傘が大きいわけでも小さいわけでもなく、茶色で、平凡な外見だった。

ただ、嗅《か》ぐと非常に独特なにおいがする。好みは分かれるが、基本嫌われるにおいだ。

味は無い。言ってみれば採っても何の得にもならないキノコなのである。

むしろちょっと臭《くさ》いだけ邪魔な方だ。

「――なんて思われているが、これが違うんだな……！」

早速見つけたワキヤクキノコを引き抜いていく。一本抜く毎《ごと》に採集ポイントが6手に入ることに、ちょっぴり感動しながら。

実はこのワキヤクキノコ、単体では何の効果も発揮しないのだが、料理に混ぜると味を格段に上げるのだ。

この事実はライルしか知らない。この国ではあまりキノコを食べる習慣が無いからだ。

基本的にキノコは毒持ちと思われていて、限られた種類しか食べられていない。

それらもそれほど美味しいというわけではないので、誰もワキヤクキノコを料理に入れようだなんて考えないのだ。

しかしワキヤクキノコの独特なにおいも、その他の食用キノコも嫌いじゃないライルは、一度だけ料理に投入してみた。するとまぁこれがうまいのなんの。

だからこそ、クルリに詫びるために、うまい飯を作りたい一心でこのキノコを採集していたのだ。

ついでにワキヤクの枝も数本拾っておいたが、使い道はゼロである。

薬草やらキノコやら、あれこれ採集していたら、ふと誰かの声が聞こえた。

おそらく冒険者の声なのだろう。声を聞く限り息が荒い。こんな街の手前の森で戦闘でもしているのかと思いながら、木の陰に隠れてそこの様子を窺う。

(なっ、魔物……!)

そこで冒険者が戦っていたのは、紛《まご》うことなき魔物であった。

肌は濁《にご》り、死んだ池のような深い緑色で、やけに大きい耳は尖《とが》り、冒険者を見つめる瞳は禍々《まがまが》しい赤。手には粗末な棍棒を握り、体には人から奪ったのであろうアクセサリーなどを、意味もなくジャラジャラと付けている。

にたにたと笑みを浮かべ冒険者と対峙《たいじ》する、三体の小人のような化け物は『ゴブリン』。最弱故に繁殖力《はんしょくりょく》が強い魔物で、大量に出現する。

ライルは初めて見る魔物に息を呑んだ。

対峙している冒険者二人は、息を荒《あら》らげながらもまだ余裕のある表情をしていた。そこらに落ちているゴブリンの耳を見るに、既に何体も狩っているのだろう。

ゴブリンが声を上げ、冒険者の一人に飛びかかった。

対する冒険者は余裕の表情で空中に上がったゴブリンを切り伏せる。

ゴブリンは最後のあがきか棍棒を振るうが空振り、地面に落下して転がると、そのまま霧散した。

魔物と動物の最大の違いはこれだ。

体が『魔素』で構成された魔物は、許容限界以上のダメージを受けると魔素が飛び散り、霧《きり》のようになって消える。ただしその際に『アカシ』というものを残す。

これは、魔物を象徴する遺品のようなもので、ゴブリンで言うと赤い眼球や尖《とが》った耳である。

アカシを構成するのは魔素ではなく生物的な細胞。要は正真正銘、肉体の部分だけが残るのだ。

一説によると、死んだ動物達の肉体を媒体に魔物が生まれるという。

魔物が倒されると、媒体となった肉や骨が別の形として残る。それがアカシとされているが、本当のところは分かっていなかった。

手際良くゴブリンを倒した冒険者にライルが感動していると、いつの間にかもう一体も討伐され、残りは一体となっていた。

「くはは、弱《よえ》ぇなゴブリンってのは！」

「ふん、お前も冒険者になりたての頃はゴブリンに苦戦してたじゃないか」

「うるせぇな！」

などと雑談を交わすくらいに余裕があるらしい冒険者二人は、逃げようとする最後のゴブリンに追い打ちをかけ、背中から切り伏せてトドメを刺した。

当然、霧散してアカシを残す。が。

「チッ、最後の奴はハズレだぜ」

「良いだろう。どうせゴブリンのアカシなんて金にならないんだから」

『ハズレ』とは、死んでもアカシを落とさない魔物のことだ。

希にいるらしいが、何も落とさない時の落胆といったらないだろう。大物を頑張《がんば》って狩ったのにハズレだったという話もたまにある。

ハズレは魔物が吸った空気でも落としてるんじゃないかと、冒険者の間では言われていた。

「まぁいいや。帰ろうぜ」

「おいおいアカシを拾うのくらい手伝えよ」

「面倒だしどうせゴブリンのだから良いだろ。若い冒険者が拾ってくれるさ」

「ったく甘いぜ。まぁいいや。でも、このアクセサリーは高く売れそうだから、これだけは頂戴《ちょうだい》するぜ」

「卑《いや》しい奴め」

そう言って二人の冒険者は去っていった。

ライルは呆然とその光景を見つめながら、あるアカシを見つめていた。

それは眼球でもなければ、尖った耳でもなかった。

ライルが見つめていたのは——何も落とさないはずのハズレが落とした、紛うことなきアカシであった。

ライルは歩み寄りそれを拾う。

神々《こうごう》しく光り輝き、表面に『体力』と書かれた玉、すなわちスキルであった。

◆　◆　◆

アカシも全て採集ポイントが入る事実に驚きつつ、ゴブリンの落としたアカシを拾っていた。どれもこれも16ポイントも入る。

これでマズイの実十個達成に近付いたと思いながらも、ハズレの落としたスキルが気になって仕方ない。

「何も落とさない、空気でも落としている、そう思われていたハズレが、実はスキルを落としていた……？」

そうとなれば説明がつく。スキルはどうやらライルにしか見えないようだし、触ることもできないから、傍目《はため》には何も落ちていないのと同じだ。

だとしても、これはどういう原理なのだろう？

「まぁ、いっか……」

分からないことを考えても仕方がない、と割り切ったライル。

アカシの採集も終わり、６００ポイントまで残り80とちょっとというところで、一旦切り上げて休憩することにした。

ついでに採集図鑑を確認する。開いたのは、新たに増えていた『魔物』という分類だ。

そこには先程拾ったゴブリンの眼球や耳などのアカシが載っていた。生成に必要な採集ポイントは48と、獲得ポイントの三倍。

魔物の欄とスキルの欄は分けられていた。同じアカシなことに変わりないはずなのに、何か理由があるのだろうか。

そう考えながら、戻って植物や菌類、動物に鉱物と、確認していく。最初の頃より増えているのを見て、何だか満たされた気持ちになった。

元々採集にハマッた理由は、自分の知識が増えていくことや、不思議な植物達に魅了されたからだ。こうして成果が明確に記されると、余計に欲求を刺激される。

もっと集めたい、もっと採集したい、という欲望がふつふつ湧いてくるのだ。

これでさらに金になるのだから最高である。

「さて、残り80ポイント。集めますかね」

意気込むように呟いて、ライルは採集を再開した。

◆　◆　◆

「2万5000レスになります」

笑顔で店員が言ったので、銀貨を二十二枚と、大銅貨を二十七枚、銅貨を三十枚渡す。

店員が丁寧に枚数を数え、確認を終えると商品を渡してくる。それを受け取り店を出た。

意外にも時間のかかったマズイの実の採集、もとい生成で手に入れたお金と、アカシやその他採集物の一部を換金し得たお金で、ライルはある道具を買った。

『フィヴァレスの目』と呼ばれる魔道具で、特殊な魔法スキルを保持した者しか作れない。

中央に取り付けてある水晶に触れると、文字がふわりと糸のように浮き上がり、触った者が持つスキルが羅列される。

要はこの道具を使えば、その人の持つスキルが分かるのだ。

大概は自己申告で済むし、そもそも一般人はさして他人のスキルを気にしない。なので公的機関や冒険者ギルド、または専門職でもない限り、需要のない道具である。

何故そんなものを買ったのか。

言わずもがな、採集したスキルの使用方法を試したあと、スキルが反映されているかどうか調べる必要がある。その際に使うのだ。

ライルはフィヴァレスの目を抱えて宿に向かう。やはり、購入したものは採集倉庫に入れられないようだ。

◆　◆　◆

「ただいま」

部屋の扉をがちゃりと音を立てて開ける。ライルはそこでしまったと顔をしかめ、扉の先で、ベッドに横たわるクルリの肩が揺れたのを確認した。起こしてしまったようだ。

クルリは跳ね起き、またぞろ床で土下座する。そして目尻に涙を浮かべながら謝罪の言葉を連ねた。

安い布を購入して応急処置として新しく作った貫頭衣が床で擦れ、襟がよれてくっきりとクルリの裸体が見えてしまっている。ちょっと罪悪感。

今度は彼女を気絶させないように上手く立ち回ろう。そう決心して部屋の中に踏み込んだ。

第二回戦の開始だ。

ずるずる後退《あとずさ》り、部屋の隅に体を張り付けて怯えるクルリを尻目に、とりあえず鞄を床に置き、道具を取り出した。

クルリには拷問《ごうもん》器具でも取り出しているように見えたのだろうか、その瞳は絶望の色に染まり、涙が滝のように流れていた。

ライルは気にせずに、コノメスブタのオスの肉を取り出す。コノメスという国が発祥の食用豚である。

クルリは、何をしているのかと怯えながらこちらを凝視しているが、前回の例も踏まえてまずは下手に刺激しないように何もしないということを選択した。

ライルは栄養のことも考え、ナンカイケ草の黄色いペーストとチョットダケの粉末を鍋に入れる。

次に鞄から取り出した包丁を使って、倉庫から取り出した香辛料の代わりとなる山菜を刻む。これも鍋に入れる。

次に取り出したのはエンカナトリという鳥が産む卵の、殻《から》の部分である。エンカナトリの卵の殻は、何故かかなりの塩分が含まれている。

エンカナトリの主食は、どこにでも生えているヨクアリ草という雑草なので経費もかからず、塩が高価な内陸の民達はこの殻をよく使う。

本来は煮て塩分だけを取り出し殻は捨てるのだが、今回は細かく砕いて鍋に放り込む。ライルはあの卵の殻の感触が案外好きなのだ。

最後に例のワキヤクキノコを薄切りにしたものとコノメスブタの肉、それから水を入れて煮込み始める。

包丁を取り出した時こそ、この世の終わりのような顔をしていたクルリも、だんだん料理に興味をそそられているようで、ほんの少しだけこちらに体を向けている。

試しに体ごと視線を向けてみると、慌てて目を逸らし、頭を抱えて震え出した。

(一体俺が何をしたと……)

いや、命令で苦しめてしまったな、とまたも後悔に苛《さいな》まれる。

ライルは暇なので先に食器を用意する。ライル用の古びた皿と匙、クルリ用の真新しい皿と匙だ。

しばらく経つと鍋が完成した。

良い香りが部屋に充満し、ライルもクルリも思わず頬を染める。

(見てなクルリ、凄いのはここからだぞ)

そう思うと、匙を持ち、切れ目も何も入れられていないコノメスブタの肉に匙を入れる。

するとどうだろう、匙が肉に何の抵抗もなく吸い込まれ、ほろほろと肉が崩れていく。

普通に煮ただけじゃあこうはならない。

そう、あのスーパー食材ワキヤクキノコの効果なのだ。

人類は何故こんな素晴らしい食材を今の今まで知らずにいたのだろうかと疑問に思いながらも、崩れた肉を掬《すく》い、皿に入れる。

分量が平等になるように皿に盛り付け、完成だ。

名前は『ライル特製コノメスブタの主役脇役スープ』だ。もちろんコノメスブタの肉は沢山ある。

使い終わった炎石に水を軽くかけるとすぐさま炎は消える。あとは鍋の中に水を入れておき、部屋の隅に寄せる。

ちらりとクルリの方を見ると、何だか目を輝かせながらライル特製コノメスブタの主役脇役スープを見ている。同時に瞳で「羨ましい」と語っていた。

（ふふふ、安心しろ。お前も食べるんだぞ、クルリ）

ライルは不敵な笑みを浮かべながら、真新しい食器に入ったスープをクルリの前に置いた。

「え……」

クルリは驚き、真っ赤な左目をぱちくりさせている。

「お食べ」

ライルはそう言うと身を引き、自分用の古い皿と匙を使ってスープを食べ始める。

まずはコノメスブタの肉。匙を入れるとほろりと肉がほどけ、スープに溶けた。これが肉だと誰が信じようか。

ライルは一匙口に含み、口の中に広がる味に表情を崩す。

肉がエンカナトリの卵の殻の塩気を吸い、代わりに旨みを出す。さらには香辛料となる山菜のスパイシーな香りと混ざり合い、それをワキヤクキノコが増幅させる。

何だこの激ウマスープはと感心しながらどんどんと口に放り込む。

山菜は程よくシャキシャキとしていて、それでいてスープを啜《すす》っている。

肉は相変わらず匙を入れてはほどけ、口に入れてはほどけ、遂には咀嚼《そしゃく》を必要とせずに胃の中に落ちていった。

「バカうめぇ……！」

危うく涙を流しそうになりながら、そのうまさに打ち震える。

気付けば完食していた。

後で洗うために皿に水を入れて、鍋と同じく部屋の隅に寄せておく。

ふとクルリに視線を移すと、スープに一切手を付けず、膝を抱えてどうして良いのか分からず料理を見つめていた。

「食べないのか？」

そう聞いてみると、ライルとスープを交互に見て、「えと……あの……その……」と口篭る。

やはり、警戒を解いていないのだろうか。それとも、奴隷という身分がどういうものかを理解しているからこその反応なのだろうか。

こうしていても埒《らち》が明かないなと思ったライルは、クルリの前に置いてある皿を取る。

クルリはその光景を見て何だか悲しそうな表情を浮かべたが、安心しろと心の中で唱えたライルは、匙を使って肉をほどき、スープを掬った。

その匙をそのままクルリの口元まで運ぶ。

クルリは驚き、スープ、匙、ライルを順繰りに見回す。

「口を開けなさい、クルリ」

クルリはどうすればいいかと迷ったあげく、恐る恐る口を開けた。

ピンク色の口内と、ギザギザの歯が現れる。舌は少し先が尖っており、ちろちろと不安げに動いている。

ライルは優しく匙を口の中に入れてあげる。クルリはゆっくりとそれを含んだ。

「よく噛むんだよ。クルリはまだお腹が弱っているからね」

言い聞かせてはみたが、その心配はいらなそうだ。

クルリは「ふぁあ……！」という可愛らしい声とともに、感動的な表情でひと匙のスープを何度も何度も咀嚼していた。

あの柔らかなコノメスブタの肉を何度もだ。

こんなにも美味しい料理は初めてだと、幸せだと、目や表情が語っていた。

頬を崩し、赤い目を輝かせ、口の端から少しの唾液をこぼしている。

「慌てなくても大丈夫。まだまだあるから」

ライルは再びひと掬いし、クルリの口の中へ運んだ。

まるで餌付《えづ》けのようだなと思いながら。

◆　◆　◆

美味しいものを食べさせてあげれば少しは打ち解けるかと思っていたのだが、まだ警戒されているようだ。

（一体何が原因なんだ……！）

そう思いながら、原因であるフィヴァレスの目を取り出す。まさかこれが拷問器具に見えているだなんて、ライルは思いもしなかった。

倉庫からスキル玉を取り出し、とりあえず床に並べて、フィヴァレスの目に視線を移す。

まずは自身のスキルを確認する。水晶に触れると、風に運ばれる糸のようにふわりと、青く光る文字が浮かび上がった。

そこに書かれてあったのはやはり『採集』という文字のみ。スキル玉を手に持ってみたが変わらない。

胸に手を当てて考える。文字通り、スキル玉を胸に当てたり手を当てたり色々試してみたが、やはり上手くいかない。

さっきからクルリの視線が痛い。なにせクルリにはスキル玉が見えていないのだ。傍から見れば奇妙な動作を続ける不審人物でしかない。

(残る選択肢と言えば、この玉を丸呑みすることだが……)

できればそんなことはしたくない。

もし喉に詰まったりしたら大変だし、仮に呑み込めたとしても、スキルが発動しない場合、胃に残ってしまうだろう。仮に運良く腸に運ばれたとして、待っているのはお尻から光る玉が出るという地獄だ。

今までのスキルの解説は、堅苦しい古語と言って差し支えなかったが、具体的な説明をしてくれた。しかし今回に限っては、「胸に手を当てて考えろ」という抽象的な言葉のみ。

（いや、違うな。やっぱりこれも直接的な……？）

ここで気付く。

古語の「考える」という動詞には、もうひとつの意味があった。「知識として受け取る」という意味だ。

脳内に流れたお告げの意味を入れ替えると、「胸に手を当てて、知識として受け取る」になる。

とすれば……。

「クルリ」

名前を呼ぶと、クルリは肩を跳ねさせて反応した。

やっぱり怯えられているなと肩を落としながら、お願いする。

「ちょっとスキルを見せてほしいんだけれど……」

「えぁ……ぅ……」

赤い瞳を泳がせて、焦りを露わにするクルリ。何かまずいことを聞いたのだろうか。

「その……」

「ダメかな？」

「ぃ……いえ……。すみません……。はい、分かりました……」

何か引っかかるような態度を見せるクルリに首を傾げつつも、彼女の前にフィヴァレスの目を置いた。

クルリは恐る恐る、手を引いたり出したりを繰り返しつつ、ゆっくりと水晶に触れる。

浮かんできたのはふたつの単語。『採集』と『不運』だけだった。

それを見て、クルリは目を逸らす。

「すみ……ません……」

声を震わせながら謝罪の言葉を述べる。

もう一度説明するが、この世界のスキル保持数は、最低でも五、平均は十五くらいが普通なのだ。

しかし彼女はたったふたつしか持っておらず、しかも片方はバッドスキルの不運。

レアスキル――不運
少し運が悪くなる。

それを見てライルは思い出す。

本当に些細《ささい》なことなのだが、ここ最近は確かにツいていなかった。

小瓶に入れていたチョットダケの粉末がちょっとだけこぼれていたり、宿の扉が建て付けが悪いのか数十分開かなかったり、珍しく靴ずれを起こしていたり、ヨクアリ草で指を少し切ったり。

何でもないようなことだが、言われてみればということが多々ある。

不運スキルは確かに周りにも影響を及ぼすと聞くが、なるほどこういうことか。

奴隷館の男も、クルリが来てからろくなことがないとか、そんなことを言っていた気がする。

知られてしまったことで叱責されるとでも思っているのだろうか、クルリは両手をきゅっと握りしめ、目をつぶっている。

不運スキルがある上に、スキルがたったのふたつ。まあライルより多いのだが……。

そして、ライルにとってみれば、スキルの数なんてどうでも良かった。

「おぉ、ちゃんと『採集』スキル持ってた」

感動したライルは、いつ怒られるのかとびくびくしているクルリを差し置いて、まずは幸運スキルを取り出す。

気にならないとはいえ、確かに不運スキルはない方がマシだ。運良く幸運スキルを拾ったライルは、クルリに言った。

「クルリ、跪《ひざまず》いて、両手を胸に当てて」

「う……あ……ぁはい……」

吃《ども》りながら、震える手を押さえるようにして胸に持っていき、言われた通りに跪く。

お仕置きだ。そう感じているのだろう。ぽろぽろと泣き始める。泣かれたらまるで悪いことをしているようじゃないか。

気にするなと自分に言い聞かせ、ライルは幸運のスキル玉を、クルリの額に当ててみた。

するとどうだろう。スキル玉は案の定クルリの額に沈み、そのまま吸い込まれた。

（成功だ！）

思わずガッツポーズになりそうになる。

跪き、胸に手を当て、知識のように吸収する。これはまんまフィヴァレスの儀の手順だった。才能を授けるあの儀式の真似事をすると、見事に成功したのだ。

一応自分も片膝ついて片手だけ胸に手を当てて、額にスキル玉を当ててみたが、何も起きなかった。

未だに何が何だか分からないといった表情のクルリの手を取り、フィヴァレスの目の上に置く。

浮かんできたのは『採集』の文字のみ。

クルリはそれを見て驚く。そりゃそうだ、自分の不運スキルが消えているのだから。

ライルはライルで別のことに驚く。

「へぇ、幸運と不運だと相殺するのか……」

あまりの感心に思わず口からこぼれてしまった。

その意味が分からないクルリは、顎に手を当て何事かを考えるライルと、浮かぶ『採集』の文字だけを交互に見つめていた。

「どうせ俺に使えないのなら、こっちもクルリに使っとくか」

そう言ってライルはもう一度クルリを跪かせる。何だかここだけ切りとって見ると、強制的に忠誠を誓わせているみたいだ。

ライルは雑念を払うように頭を振って、クルリの額に体力のスキル玉を当てる。

さすればまたも、ほわりと優しい光を放って額に溶けていく。

確認すれば、フィヴァレスの目に浮かんだのは『採集』ともうひとつ『体力』の文字だった。

大成功だ。スキルを自分で使えないのは残念だが、使い方が分かっただけでも重畳《ちょうじょう》だ。

「アレ？　クルリ……？」

「は、はひ……！」

突然名前を呼ばれ、肩をビクつかせながらこちらを向き直したクルリ。

まだ怯えられているな、なんて思いながらも、ライルはクルリの劇的な変化に驚く。

（確かにそういう類のスキルを与えたが……）

クルリはあの骨と皮だけの痩せこけた状態から一変、健康的な少女へと変貌していったのだ。

ライルの視線が己の全身にあることに戸惑い、自分の体を確認したクルリも、ライルと同じく声を上げる。

「あれ……私……」

手のひらを見て、脚を見て、腕を見て、頬を触り、体が健康的な状態に戻っていることを確認する。

体力スキルってそんなに効果があるのかよ、と驚くライルと、困惑するクルリであった。

◆　◆　◆

「ひぁっ……！　ふくぅ……！」

「何だこの弾力は⁉」

超回復の末、ぷにぷに艶やか健康的な身体を手に入れたクルリ。貫頭衣の袖から出ていたあの枝のような細腕は、今や可愛らしいぷにっとした上腕へと変貌を遂げていた。

反り返った崖のようになっていた腹部も、今やお腹を摘《つま》めるくらいにまでなった。

肌の色は相変わらず青白いが、艶、張り、潤い、と三拍子が揃った最高の状態へと変貌を遂げ、生気の失われていた赤い瞳は活力に満ちている。

ボサボサとほつれたボロ雑巾のような状態だった白い髪も、今やするりと指が通るほどに整い、完璧な美少女と化していた。

くびれを残しつつも弾力を得た彼女のお腹は実に魅力的で、現在ライルはクルリのお腹を興味津々に摘んでいた。

揉んでみたり、撫でてみたりとやりたい放題で、ライルが手を動かすたびに、逆らえないクルリは声を漏らして身をよじっていた。

「手に吸い付く！　そして弾く！　水か⁉　こりゃ水なのか⁉」

『体力』スキルは『美貌』スキルに名前を変えた方が良いんじゃないか、と思ってしまうほどの変化に、本人共々大興奮である。

「でも胸は成長しないんだな……」

口に出すところがライルの悪いところだが、本人は自覚無しに、ふむふむと美少女クルリの観察を続けている。

ふと、伸びた前髪で隠れている右目が気になり、前髪をどかそうと手を伸ばした。

「や……！」

するとクルリは声を上げて後退し、前髪を押さえ蹲った。

見られたくないのだろうか。

自分が何をしているのか気付いたクルリはすぐさま体を起こし全力で謝罪した。

ごめんなさいの連呼のせいで、ゲシュタルト崩壊を起こしそうになったライルは、クルリに聞く。

「見られたくない？」

「い、いえ……、その、あの……」

釈然としない回答。

やがてクルリは絞り出すように「大丈夫です」と言った。無理をしているのは丸分かりだ。

だがこちらとしても奴隷の健康状態は知っておきたい。

万が一何かしらの病気を患《わずら》っていて、そのせいで見た目が醜悪《しゅうあく》な状態になっているのであれば、それを放っておくわけにはいかない。見た目はともかく病気はまずい。

嫌がっていることは承知で、クルリの前髪を優しくかき分け、隠れた右目を見る。だがクルリは目をつぶっていた。

それじゃあ見えないじゃないかと思いながらも、まずは目の周辺を確認する。

目の周りの頬や眉のあたりを軽く指で撫でてみて反応を確かめる。震えてはいるものの、痛みを感じている様子はない。

少なくとも目の周りに何かしらの異常があるわけではなさそうだ。火傷《やけど》でも負っていたならば、隠したい気持ちも分かると踏んだのだが、そうではないらしい。だとすれば眼球の方か。

眼球が病んでいるとなると一大事だ。すぐさま治療系のスキルを持った医者に見せに行かなければならない。下手をすると相当に難病の可能性もある。

ライルはクルリに目を開くよう言う。感情が作用し、瞼《まぶた》に力が入る。

やがてゆっくりと、瞳が開かれた。

そこにあったのは、左目とさして変わらない、垂れた赤い瞳だった。

何がそんなに、と首を傾げそうになったところで気付く。目の中を蠢《うごめ》く黒い濁りに。それは不定形なまま、蛇のように眼球内を泳いでいる。

ライルは自分がどんな表情をしていたのか分からないが、それを見たクルリはライルに眼球を凝視されながら、大粒の涙をこぼし始めた。そして嗚咽《おえつ》混じりに言う。

「ごめっ……ぅな……さい……。捨て……ないで……」

はっとなり、クルリの眼球から目を離した。

少なくとも自分の評価が「捨てられたくない相手」に昇格していることに感動するとともに、未だ簡単に奴隷を捨てるような人間だと思われていることにショックを受けたライル。

動揺を隠すようにクルリに聞く。

「これは……病気か……？」

その返答は「いいえ」だった。

クルリ曰《いわ》くこの濁りは先天的なもので、特に害は無いらしい。

ただ見た目が気持ち悪いということで、一族から見放され、親からも捨てられ奴隷に落ちたということを、嗚咽の中で話してくれた。

瞳だけで……とは思ったが、魔族やそれに類する者達、また辺境の地で暮らす人間達はそういう異端に敏感だ。ちょっとの違いが排除される理由になりかねない。

殺されなかっただけましか、とライルは安堵《あんど》した。

「病気じゃないのか……。良かった……」

クルリはごぼごぼと、涎《よだれ》、鼻水、涙を交えて「捨てないで」だとか「殺さないで」だとか「ごめんなさい」だとかを繰り返している。

ただでさえ魔族は迫害されている。その上親にまで捨てられたのだから、その反応も仕方がないのかもしれないが、やっぱり困る。

「俺は気持ち悪いだなんて思わないから安心して。確かにビックリしたけれど、クルリが病気じゃないならそれで良いんだ。そんなことで捨てたりするもんか」

これはこれで「逃がさない」とでも言っているように聞こえたのだろうか、クルリはまた大号泣していた。

実は嬉し泣きであるとは気付いていないライルは、当面の目標を、クルリの信頼度を上げることに決めたのだった。

◆　◆　◆

ヘイヌ、北の森。

昨晩、結局泣き疲れて眠ったクルリをベッドに運び、そのまま一緒に眠ってしまったライル。

朝起きた時にはクルリを抱き枕にしており、クルリが何事かと硬直するという騒動を経て、この森へ来ていた。

ちなみに健康体になったクルリだが、依然として宿で留守番させている。一応まだ安静にしておく必要があるだろうと、ライルが判断したからだ。

採集用に大荷物で宿を出ようとしたせいか、彼女はとうとう捨てられるのかと勘違いしてしまい、ライルが宿を出る前に涙を浮かべていた。

一応、クエストに出掛けるのだと伝えたのだが……。

残りの荷物はまだ部屋に置いてあるし、どう曲解したらそうなるのだ。

「さて、始めようか」

ともあれライルはあれこれ買うための資金を貯めるべく、クエストをいつもより多めに受けているので、早速採集作業にとりかかることを決めた。

そうしながら、クルリの役割分担を考える。

クルリにやってもらうのは採集物の探索と、納品用の植物の採集だ。

納品用以外の物は、基本的にライルが採集する。これは別にライルが手柄を横取りしようとしているわけじゃなく、採集ポイントと図鑑、それと倉庫の関係上だ。

その点で見れば、一人の方が良い気もするが、探索の目が倍になるのと、何かあった時の連絡要員がいるのは、作業の安全面や効率に大きく影響してくる。

できれば護衛もしてもらいたいのだが、果たしてあの臆病《おくびょう》なクルリにそれができるのだろうかと不安になる。

自分が戦えれば良いのだが、採集したスキルは使えないし、元から戦闘系スキルなど皆無だ。

「情けないなぁ」

なんて呟きながら、ライルはあれこれ採集していった。

採集を終え、ギルドにてクエスト報告をしたライルは、クルリの待つ宿へと帰り、今回の収穫物を確認する。

一部の鉱石を除き、ほとんどは薬草や山菜等の植物だ。眺めているだけでほっとする。

そんなことよりも、と取り出したのはふたつの光る玉、スキル玉だ。

この国では人間の睾丸《こうがん》のことを『光る玉』と隠喩《いんゆ》する場合があるという豆知識はさておいて、スキル玉の表面を見る。

何とも神々しく光る玉の表面に書かれているのは『剛腕』と『火魔法』の文字。

『剛腕』は腕力に補正がかかるレアスキル。『腕力』というノーマルスキルの上位互換《ごかん》で、その上昇率は最大限にまで鍛錬した腕力スキルを優に超えてしまう。

もう片方の『火魔法』は、単純な火の魔法を使えるようになるスキル。

魔法についてはあまり研究が進んでおらず、一説には魔物を構成する魔素と同じものを使用して、事象を起こしているんじゃないかと言われている。しかし真相は誰も分からない。

なので人々は楽観的に捉え、火を生む便利なスキルとしか思っていない。

魔法系スキルは他にいくつもあり、水や風を出すものもある。火魔法の上位互換、炎魔法はレアスキルに分類されていた。

「魔法か、そう言えば魔法を生で見たことがないな」

ブツブツ言っているライルを見るクルリはキョトンとしていた。クルリにはスキル玉が見えていないのだから仕方ない。

ライルは「自分が使いたかったな」なんて呟きながら、渋々クルリを跪かせた。

勝手にスキルを与えられ、勝手に悔《くや》しがられるのだから、クルリはたまったものではない。

口先を尖らせたライルに額を二度触られると、クルリの体に不思議な感覚がめぐり始めた。

これは初体験だ。まるで体が温まるような感覚に、思わずほわりと口から吐息が漏れる。

「さ、スキルの確認だ」

ライルの言葉に、クルリは何故と首を傾げた。

だが昨日の光景を思い出す。彼の前で跪き、胸に手を当て、額を触られる、まるでフィヴァレスの儀のようなことをした後、『不運』スキルが消え『体力』スキルが増えていた光景を。

もしや今回もと思い、恐る恐る水晶に手を置くと、スキルが『採集』『体力』『剛腕』『火魔法』の四つに増えていた。

こんな奇跡を誰が起こせようか。こんなことができるのは、才能の神であるフィヴァレスだけだ。

クルリは小さな口から「もしかしてあなたがフィヴァレス様……」と漏らす。

言われてみれば、なんだか神の威光を感じるような気がする。

少しばかりおかしな勘違いをされているだなんて思いも寄らないライルは、図鑑を確認したり、採集ポイントを確認したりしていた。

「ん、そう言えば、クルリって年はいくつなんだ？　スキルがあるってことは少なくとも十五歳は超えているわけだろう？　とてもそうは見えないけれど……」

良くて十二歳かそこらへん、いやもっと下のように見えるが。

「十六歳です」

ひとつ年上だった。

だがそうは見えない。見た目が非常に幼いのだ。

「答えにくいだろうけれど、クルリはいつから奴隷だったの？」

「えっと……十一の時に売られました……」

ということは、おそらく奴隷落ちしたあたりからまともな栄養が取れず、成長が止まったのだろう。そんな生活を五年も続ければああもなる。逆に生きていられたことが奇跡のようだ。

十一歳で奴隷落ちしたということは、フィヴァレスの儀を受けたのも、奴隷になった後なのだろう。『不運』スキルとスキル数が発覚したことで余計に待遇が悪化し、あそこまで痩せこけたというわけだ。

奴隷でもフィヴァレスの儀を受けられることは知らなかったが、今はそんなことよりも、彼女の境遇に憐《あわ》れみを感じざるを得ない。

分かってやれるとまでは言わないが、せめて心の傷を癒すことくらいはできないものだろうか。

「つらかったんだな……」

「っ……！」

口からこぼれたライルの言葉に、クルリは何かがこみ上げてくるのを感じた。気付けば涙を流していた。

ライルはクルリの柔らかな髪を撫で、軽く抱き寄せた。最初は戸惑いで体を硬直させていたクルリも次第に安心し、最後にはライルの服を涙でいっぱい濡らしていた。

クルリが大慌てで謝罪祭りを開催したのは、それからしばらく後のことだった。

◆◆◆

翌日から、ライルはクルリを連れて採集に出掛けることになった。

クルリ用に革製の靴や手袋を買ったおかげで、所持金が30レスに減った。

なのでお金を稼ぐために、今は絶賛採集クエスト中である。

そう何度も何度もマズイの実を納品したら流石に怪しまれるので、今回は無難な採集クエストを五つほど掛け持ちしていた。

クルリの服は相変わらず貫頭衣なので、粗末な貫頭衣に金属製の奴隷輪、そして革製の靴とグローブという珍妙な格好になってしまっている。

冒険者ギルドでは、最近現れたライルという採集好きの冒険者は、奴隷に変な格好をさせたり、宿で何やら如何《いかが》わしいことをしている変態だと噂されている。

もちろんライル本人はそんなこと知らない。

「ご、ご主人様、あちらに……」

「え、あぁ、ありがとう……」

クルリが指した方向には白い花弁を三枚付けた小さく可愛らしい花があった。その花を見て、ライルは思わず「おぉ……」と声を漏らしてしまう。

あの花の名前はドクトキ。この辺じゃあまり見かけないが、あるにはあるというのは聞いていた。まさか見つかるとまでは思っていなかったが。

ドクトキの花には解毒作用があり、主に動物性の毒に強いとされている。

意外だったのは、そのドクトキを、教えてもいないのに見つけてきたクルリの草花に対する知識だった。

採集スキル持ちだから、それなりに知識があると勝手に思っていたが、まさかここまで知識があるとは思わなかった。

毒草や毒キノコの見分けもつくらしく、余計な物は一切採ってこない。実に正確だ。

「凄いなクルリ。ドクトキまで見つけるだなんて。そういう勉強でもしてたのかい？」

「えっと……その、小さい頃はよく草花で、髪飾りなんかを、つ、作ってました……。ですから、あの、ある程度は知っていると言いますか……」

採集中も常におどおどとしており、こちらの一挙手一投足に怯えているのだが……、いやはやどうしたものだろうか。

ただ、以前よりはちょっぴり話してくれるかもしれない。

「可愛い趣味を持っているんだな」

「ひぇっ……。あ、あり、がとう、ございます……」

褒めてもこの有様だ。

信頼関係を築くというのはとても難しいらしい。

ライルはひとまずドクトキの花を根元から引き抜き、倉庫に仕舞った。

クルリには既にスキルのことはある程度伝えてある。とはいっても、採集したものを仕舞うことができることと、図鑑のことくらいだが。ポイントで図鑑の物を生成することができることも伝えておくかどうか迷ったが、それは追々《おいおい》伝えることにした。

スキル関連についてはクルリも気になっている様子だが、まだ誤魔化しておくことにした。

ただ、勝手に儀式を行い勝手にスキルが増えていく様に戸惑っているのは見て取れる。クルリがライルのスキルについて理解するのも時間の問題だろう。

ただ、自分から話すのはもう少し先でも良いのかもしれない。クルリほど怯えているわけでも警戒しているわけでもないが、完璧に信頼を置いたわけでもないからだ。

二人は採集を再開し、その後も順調に依頼用の薬草や、後々必要になるであろう植物を採集していた。

山の奥までやってきたところで一旦休憩を取る。

鞄から二人分の水筒を取り出し、クルリに片方を渡す。やはり受け取る際にびくびくしていた。

ついでに、今回採集した野ハチゴを十粒ずつわける。クルリが「良いのですか……？」と不安げに聞いてきた、良いよと返す。

赤くつぶつぶした触感の野ハチゴは、甘いが酸味の方が強く、これがくせになる。

口の中を暴れ回る唾液を感じながら、一粒、また一粒と口の中に放り込み、すぐに手の中から消えた。

ちなみに熟すと青い実に変化する。青い野ハチゴはとてつもなく甘い。ライルはそちらの方も好きだが、やはりこの酸味の強い赤い野ハチゴの方が好きである。

クルリも食べ終え、休憩も終了。そう思ったその時だった。

がさりと藪《やぶ》が揺れる音がした。その不自然な音がした方向にライルもクルリも視線を向ける。

「気を付けろ、クルリ……」

ライルは腰元にさしておいた父親の形見である剣を引き抜き構える。

藪の中から現れたのは濁った深緑色の肌に赤黒い瞳と尖った耳を持った小鬼。

「ゴブリン……」

ゴブリンは牙を剥きこちらを見据えている。

鋭い眼光は特にクルリに突き刺さり、手に持った棍棒が揺れている。

「ひっ……！」

睨まれたクルリの体は竦《すく》み上がり、今にも腰がへなへなと折れそうだ。あれほどライルのことを怖がっていたにもかかわらず、今はその服を掴《つか》み、寄り添っている。

だが、ライルにそんなことを気にしている余裕はない。

初めて魔物を見たのはつい最近だし、対峙するのは今回が初めてだ。

幸いにも一体しかいないようだが、魔物は魔物である。採集スキルしか持っていないライルに剣術の心得《こころえ》なんてあるはずもない。

相手が弱者だと見極めたのだろうか、ゴブリンはすかさず飛びかかってきた。

ある程度戦い慣れた者ならそれが無策の自殺行為に見え、軽々と切り伏せただろうが、ライルはそんなことなど分からない。剣を振るどころか後退り、クルリの手を引き逃げ出した。

「やっぱり無理だぁ！」

ゴブリンは棍棒を地面に叩きつけ、逃げた相手を睨みつけた。

ゴブリンは棍棒を構え直し、奇声を上げて追いかけてくる。

足が異様に速く、何度かゴブリンの棍棒が背を掠めた。

「キモい！　怖い！　何だあれ！　アレで最弱なのかよ！　うわあああああああ!!」

ライルは弱音を全力で吐きながら山を駆け降りる。

クルリはそんな主人の姿を見て、何を思ったか手を振り払った。そしてライルに背を向け、「私が囮《おとり》になります！」と叫んだ。

しかしライルはそんなこと命じていない。

「な、何を言っているんだ……！　頑張れば逃げ切ることだって！」

「ひぃ！　ご、ごめんなさい……！　でも、わ、私は足手まといになるだけですし……、奴隷ですから……！」

そう言って、何の武器もなしに拙《つたな》く構える。脚は震え、すぐそこまで迫ってきているゴブリンを見つめている。今にでもゴブリン相手に謝罪しそうな弱々しさだ。

ゴブリンは左右に飛び跳ねながらクルリを翻弄《ほんろう》し、唐突に飛びかかってきた。

見よう見まねの戦術なのだろうが、質は低く、タイミング自体は滅茶苦茶なものだった。しかし、その異常なまでの素早さが、それを何とか形にしていた。

この速さはまるで『脚力』というスキルを最高練度まで上げた時のような素早さだ。

「あぶねぇ！」

ライルは咄嗟《とっさ》に飛び込み、クルリを庇《かば》う。

ゴブリンの棍棒はライルの背に直撃し、ライルの背骨を弓のように反らせた。

激痛が全身を駆け巡り、呻《うめ》きとともに転げ、山の斜面を滑り落ちた。

この場から早く逃げねば、そう思い体を起こそうとするが、体が動かない。意識までは飛んでいないのだが。

ライルが覆い被さるようにクルリの上にのっかり、クルリは混乱している。

「こ、このままじゃご主人様が……！」

「お前が囮になるなんて言うからだろ……。俺はそんなことを命じた覚えもないし、許可した覚えもない……」

こんな状況なのに「何だか急に懐《なつ》かれたな」なんて呑気なことを考えてしまう自分に嫌気が差す。ゴブリン如きに怯えて逃げている自分も情けないとは思うが。ライルは自己嫌悪に陥《おちい》りながらも、最弱の魔物からクルリを守ろうと必死になる。

いつのまにか背後にいたゴブリンに殴られ、ライルは「ぅぐ！」と声を上げる。

こんな状況を見過ごせるわけもなく、クルリはどうにかライルを守れないかと考えた。

ライルの体が覆い被さっているので下手に動くこともできない。

その時はっと思い出す。自分に火魔法のスキルが増えていたことに。ライルの不思議な力により、不運が消え、代わりに増えていた三つのスキル。『体力』『剛腕』そして『火魔法』。

使える気がする。ライルが行った儀式の直後に感じた、あの温かなイメージを辿《たど》っていけば、火魔法を使える気がしたのだ。

クルリはもぞもぞと動き、ライルを避けてゴブリンに向けて手をかざし、頭に浮かんできた言葉を唱える。

「やがて種火は炬火《きょか》となり、炬火の印は猛火となる――火炎《フレル》！」

直後クルリの手から、人の頭の二倍はあるだろう火球が現れ、ゴブリンに襲いかかった。

ゴブリンが炎の勢いで後方に飛ばされる。

体が炎で覆われ、身を焦《こ》がす熱にのたうち回る。

クルリの詠唱と突然の音に振り返ったライルと、魔法を放ったクルリ本人は、その光景を見て唖然としていた。

クルリが火魔法を放ったこともだが、それより何よりその威力がとてつもなく高かったからだ。

本来の『火魔法』の火炎《フレル》といえばせいぜい拳程度の大きさで、クルリが放ったものとは威力に雲泥の差がある。

あんな巨大な火炎《フレル》は、火魔法を窮めた者か『炎魔法』のスキルを持つ者にしか使えない。

「す……げぇ」

マズイの実が丸々一個入りそうな程口をあんぐりと開けたまま、ライルはクルリの上から退く。

同時にゴブリンは炭となって消失した。残ったのは落ち葉に燃え移った小さな火種と煤、そして光り輝くスキル玉だけだった。

腰が抜けたのか、上手く立てない。

ライルは振り向き、呆然とライルを眺めていたクルリの方を見る。

「今の……何……？」

「ひっ——ご、ごめんなさい……！」

何故謝る。

「い、いや、そうじゃなくて……、その……、と、とにかく――――すげぇ。何あれ、すげぇ。いや、ほんと、すげぇ」

「え――えっと、あり、がとうございます……？」

「こ、こちらこそ……」

微妙な空気がその場を支配し、腰が抜けたライルと、同じく腰が抜けたクルリは、しばらく沈黙を続け、お互いを見つめ合っていた。

◆
◆
◆

ゴブリンが落としたのは『瞬速』というレアスキルだった。ノーマルスキル『脚力』の互換スキルで、素早さに特化したスキルだ。

どうりであのゴブリンの足が速かったわけだと納得できたついでに、魔物にもスキルが反映されているということが分かった。

さらにもうひとつ分かったことがある。

受け手であるクルリの問題なのか、それともライルの採集スキルの問題なのかはまだ判明していない。しかしどうやら、ライルがクルリに渡したスキルはどれもこれも最初から最高練度まで上がっているようだ。

確かに『体力』スキルを渡した時、クルリは驚異的な速度で健康体になった。初めて使う火魔法も炎魔法に匹敵する威力だった。

そして――。

「凄すぎるでしょ……」

ライルが呆れ混じりに見つめている先では、クルリが軽々と巨大な倒木を持ち上げ、進行の邪魔にならないように横に寄せている。

クルリに渡したスキルは『幸運』『体力』『火魔法』『剛腕』の四つだ。『不運』と相殺した『幸運』スキルはともかく、これら全てが窮められた状態なのだ。

もしかすると、ノーマルスキルの『幸運』も最高練度まで上がっていたから、レアスキルである『不運』と相殺できたのかもしれない。

『剛腕』というレアスキルは、ただでさえ『腕力』スキル以上の性能を軽々と出す。そのスキルが窮められている――とんだ化け物を生み出してしまったのかもしれない。

クルリは『体力』スキルのおかげか重労働をしても平気な顔をしているし、何より何だか楽しそうに倒木を運んでいる。

これで『瞬速』スキルまで与えてしまったら一体どうなってしまうのかと、逆に怯えるライルであった。

クルリがいるおかげで採集クエストも順調に進み、五つあった依頼はその日の内に全て終えることができた。

◆　◆　◆

最初は『剛腕』スキルを与えたことで報復されるかとも思っていたが、奴隷輪のせいで奴隷は主人に逆らえないと聞いて安心した。

その夜『瞬速』スキルも与え、そろそろ隠し通せなくなっていたスキルについて話をした。

クルリは驚くというより、確信に至ったような反応を見せた。

翌日、クルリの回復も終わり、そろそろヘイヌの街を出て、旅に出ようと決心する。

そのための資金として、最後の最後にマズイの実の採集クエストを受けることにした。しかしこれがマズかったようだ。

「おいそこのお前。お前だよお前、奴隷連れてるそこのお前」

筋骨隆々で、腰に剣を携えた大男が、二人の取り巻きを連れてライルに絡んできた。

「何ですか」

マズイの実三個で1万レスという依頼書を片手に、声をかけてきた大男の方を向く。迫力が凄いため、クルリがライルの後ろに隠れてしまう。

「お前、ずっと採集クエストばかりやってるみてぇだな」

「えぇ……」

「で、そりゃあマズイの実の納品依頼だな」

「はぁ」

大男の言いたいことは察しているが、とりあえず適当な相槌《あいづち》をうって会話を促す。もしかしたらただの勘違いかもしれない。

クスクスと後ろで嘲笑を浮かべる取り巻きが鬱陶《うっとう》しい。

「この間もマズイの実を納品してたな。しかも十個も」

「えぇ、まあ」

やはり金が必要だったとはいえあの量はまずかったようだ。

「何、簡単な話だ。どうやってマズイの実を手に入れたか教えろ。俺はこのギルドで一番の実力を持っている。俺を敵に回せばどうなるかくらい、分かるよなぁ？　さぁ、どういうズルをすればあんな量のマズイの実を手に入れられる！　おら、吐け！」

卑《いや》しい表情をだんだんと歪《ゆが》め、暴力的に問い詰めてくる大男。

彼に逆らえる人間がいないのか、それとも皆協力しているのか、目を逸らしたりニヤついたりしているだけで、助けに来る気配も止めに来る気配もない。

ギルド職員ですら、気にせず通常業務を行っている。

素直にスキルのことを話すのは愚策だし、かといって反抗的な態度をとるのは危ない。マズイの実が普通に生えていれば何の問題もないのだけれど、そういうわけにもいかない。金が欲しかったとはいえ、安易にマズイの実を納品するのはいけなかった。

「いや、その……」

「あん？」

「あっ……」

控えめに言って小便ちびりそう。

縮み上がる自分の息子を気にしながら、どう返そうか迷うライル。顔が近いし声もでかい。ついでに息が臭い。こんな巨漢を相手に下手な発言はできない。

「その、マズイの実は俺にしか採れないというかなんというか、教えてもできないと思うというか……」

苦しい。言い訳が苦しい。

確かにその通りではあるが、漠然としすぎだ。

「あぁん？　何が、俺にしか採れない～だよ。ぶっとばされてぇのか。はん、そこまで言うなら、てめぇがどうやってマズイの実を手に入れているのか、見せてもらおうじゃあねぇか。もちろん、その手柄は俺のもんだがなぁ」

ほらこうなる。

大男は指一本一本が芋のような形をした巨大な手で、ライルの肩を掴もうとする。これは肩の関節が外れてしまうな。なんて覚悟をしながら目をつぶった時だった。

不意に「おぐぅ！」という奇妙な呻き声が聞こえ、同時にギルドの壁に何かが激突する音が聞こえた。それどころか、肩に走るはずの衝撃が、待てども待てども来ない。

ライルは恐る恐る瞼を押し上げる。

目の前には右腕を前方に突き出したクルリの背中があり、さらにその先には慌てふためく取り巻きと、壁に激突し気絶している大男の姿があった。

口から胃の中の物を垂らし、高そうな鉄製の鎧を汚していた。見れば腹部は凹んでいる。

瞬時に何が起こったのか理解したライルはクルリを抱き上げ、彼女の驚異的な腕力に驚きながら、謝罪しつつギルドを出ていった。

残された冒険者やギルド職員は口をあんぐりと開け、ライルが出ていった後の扉と、このギルドで最も実力があるはずの大男とを、交互に見ていた。

彼らが何が起きたのか理解するのにそれなりの時間を要したのは、必然だったのかもしれない。

◆　◆　◆

「うぅ……何てことしてくれたんだ……」

「ひぇっ！　ご、ごめんなさい……！」

木の幹に背を預けて力を抜いて項垂《うなだ》れるライルに対し、クルリは目尻に涙を溜めて、俯きながら謝罪する。

「あぁ、いや別にそこまで落ち込むことはないのだけれど……。でもね……あんな危ないことしちゃダメだろう？」

「はい……」

「クルリの力は凄《すさ》まじいんだ。あんなクソ野郎なんて本気を出せば一瞬で殺せてしまうかもしれない。でもそれはダメだ。そんなことをすればクルリは間違いなく逮捕されてしまう。今回のことだって、下手をしたらクルリは捕まってしまうかもしれないんだよ？」

「ご、ごめんなさい……」

「俺を守ろうとしてくれたんだろう？　それはとっても嬉しいよ、ありがとう。というかクルリがそうしてくれなかったら、多分俺はひどい目に遭《あ》ってたと思う。助かったよ。ナイスパンチ」

ライルはクルリの頭を撫でる。

すっかり艶《つや》を取り戻した髪は、撫でるとさらさらと揺れて、風で波を立てる草原のように目に心地よい刺激を与えてくれた。少しでも長くこうしていたい気分を抑え、真剣な表情で続けた。

「でも俺はクルリが捕まってしまうのは嫌だよ。今回はたまたま相手がそれなりの実力者だったから良かったものの、クルリはまだ力を使いこなせていないのだから、誤って殺していたかもしれない。まぁ、俺はそれでも許すけれど、世間は許しちゃくれない」

頬を染め、こくりと涙ながらに頷くクルリ。とてもひとつ年上とは思えない幼い仕草に父性のようなものが刺激されてしまう。怒り方が父親じみているのもそのせいだろうか。

「良いかい？　その力を無闇やたらと人に振るうのは禁止だ。これは命令だからね。絶対だよ。俺はクルリが捕まるところを見たくない。……安易にスキルを与えたのはまずかったかもね、ごめん」

「い、いえ！　ご主人様は私の不幸を取り除いてくれましたし……この体もご主人様のおかげで健康になりました……。ですから、謝らないでください……、私はとても感謝しているのですから」

「そう？　良かった」

あちこちに視線を移し、もじもじしながら言葉を紡ぐクルリを見て、心のどこかをくすぐられたような感覚に陥った。

欲に動かされてもう一度撫でようとすると、それを見たクルリがまたもや肩を震わせる。

一度目に撫でた時もこのような反応を示した。

「クルリは俺が怖い？」

「ぁ……いえ……、ご主人様は食事を与えてくださいますし、私を叩きません……」

「でも怖い？」

「……は、はい。やっぱり、反射的に怯えてしまいます……」

その割には躊躇《ちゅうちょ》なく大男を殴っていたが、あれはライルを守ろうと必死だったからなのかもしれない。そこまで必死になってくれるほど、信頼されているということで良いのだろうか。

「ま、その辺は気長に治していくといいさ。それこそ、もう怯える必要がないほどの力を手に入れたんだしね。かといって無闇な暴力はだめだからね」

「はい……」

まだ落ち込んでいるのか、そう思い、クルリにいくつか赤い野ハチゴを与える。

「落ち込んだ時は、これを食べると良いよ」

そう言って、ライルは三粒ほど野ハチゴを口に放り込み、咀嚼した。

クルリもそれにならって口に入れる。口の中に酸っぱい果汁が流れ込み、唾液を分泌させる。

きゅっと口をすぼめて、目を閉じたクルリに微笑みかけ、ライルは採集作業を開始した。

◆　◆　◆

北の森に突如として響いた声は、採集作業を行っていたライルとクルリの耳にも届いた。

一瞬で鳥達が羽ばたき、動物達が巣穴に隠れる中、木々の隙間から見えたのは、怒りで顔を染めたあの大男だった。

ギルドで絡んできた大男は誰に教えてもらったのか、ライルの名前を叫びながら大振りの剣で邪魔な枝や草を乱雑に切り倒している。

敷き詰められた枯葉や、踏み固められていない柔らかな土に足を取られ、足踏みするように進むその姿はさながら熊だった。

「あのクソガキィ！　ぜってぇ許さねぇ。奴隷共々殺してやる‼」

額の血管が隆起して、どくどくと脈打ち今にも張り裂けんとしている。恐ろしい顔だ。顔だけで人を殺しかねない。

「兄貴……流石に殺人はまずいんじゃ……」

「あぁ⁉　マズイがなんだって⁉　森のどっかに埋めりゃバレねぇだろうがよ！」

「そ、そうっすね！」

下手に刺激をしない方が良いだろうと、取り巻きは大人しくライルの姿を探す。

対してライルは木々の間に隠れ、陰から彼らの姿を窺っていた。

(やばいやばいやばい。めっちゃ怒ってる！　どうしよう、さっさと切り上げてギルドにマズイの実を納品するか？　いやでも採集ポイントがほんの少し足りないぞ！)

男達の進行方向的に、ここに留まっているといずれ見つかってしまうので、できれば早くこの場を去りたい。

クルリを背に、ゆっくりと後退る。

落ちている枝や完全に乾いてしまった枯葉のせいで、足に力を入れる度にパキパキと音がなる。

静まり返り、川のせせらぎくらいしか聞こえない森の中では致命的だ。しかし、奴らの方が大きな音を立てているので、向こうには気付かれない。

心臓に悪いと思いつつも、バレないように慎重に下がる。

しかし音に気を付けているせいで、どんどん距離が縮まってしまう。

がすがすと森を荒らしながら突き進む彼らと、慎重に進むライル達とでは速度も移動距離も違いすぎるのだ。

緊迫した状況のせいで、『瞬速』スキルと『剛腕』スキルを持つクルリがライルを抱えて逃げる、という単純な方法も思いつかなかった。

ライルは混乱していたのだ。焦りはやがて、冷や汗として頬を伝う。

「どこに隠れてやがる！　ライル！　ライル！」

「ライルくーん？　早く出てこないともっと痛い目に遭わせちゃうよー？」

「ラ、ライルー」

大男と取り巻き二人がライルの名前を呼ぶ。

相手に名前を呼ばれるのが、こうも恐怖を煽《あお》るものなのかと実感する。

「そこか!!」

そう言って、大男は適当な木を切り付けた。

全然関係のない場所であることは分かっているが、それでも心臓が圧迫される。意味の無い言葉でさえ、重圧として襲いかかる。

一刻も早くここから逃げなければ。

ライルはクルリの手を取り、足を早めて後退する。

そして、ついに目が合った。

怒りで見開かれた瞳と恐怖に慄《おのの》く瞳が、線で繋がった。

途端、大男は咆哮《ほうこう》を上げ、腕や脚を存分に振り回しながら奇声の波とともに駆けてきた。

その圧倒的迫力に、ライルは慣れたはずの山道で大きく躓《つまず》き、無様にも尻餅《しりもち》を付いてしまった。

同時に、手を繋いでいたクルリもバランスを崩してよろめく。

そして大男はライル達の一瞬の隙をついて一気に距離を詰めてきた。

「よう、探したぜぇ……」

気が付けば目の前にあの大男が迫っており、卑《いや》しく顔を歪めていた。

殴られ凹んでいた鎧は取り払われ、大男を包むインナーが筋肉によって谷と山を作っていた。

意識を取り戻した後、鎧を脱ぎ捨てすぐさまここに来たのが分かる。吐瀉物《としゃぶつ》のにおいが鼻を刺す。

ライルを守ろうとしたのだろう。クルリがまたもや立ちはだかった。

その素早さには流石の大男も驚いた。しかし、ライルの「無闇やたらと人に力を使ってはだめだ」という命令が、クルリを躊躇《ちゅうちょ》させてしまった。

伊達《だて》に上級冒険者をやっているわけではない。その隙を見逃してやるほど、大男の目は衰えていないのだ。

すかさずクルリの腹部に強烈な蹴りを叩き込み、後方に吹き飛ばす。

クルリはライルの上を通過し、木の幹に激突した。

木が揺れ、ぽとぽとと実が落ち、枯葉に受け止められる。その音を合図にするように、ライルの顔面にも蹴りが入り、回転しながらライルは横に飛んだ。

気を失うような衝撃と痛み。たったの一撃で体は機能を失い、だらりと垂れた。

朦朧《もうろう》とした意識の中、大男に髪を掴まれ顔を殴られる。

鬱憤《うっぷん》を注ぎ込むようにして放たれた殴打は容赦なくライルの体を襲い、皮膚を真っ赤に染めた。

「てめぇはそこで見てろ」

ゴミでも捨てるようにして木の幹に打ち付けられたライルの体は、ずるずると木の幹から流れ、根元で停止した。

剥がれた木の皮が服にいくつも付着し、垂れた血液がのりとなって枯葉や土と皮膚を接着させた。

片目が腫《は》れ、右目でしか前を見ることができない。

霞《かす》む目で何が起きているのかを確認する。見れば大男がクルリを踏みつけていた。

真っ先に危険視した腕を重点的に、逃げられないように脚や腹を蹴り付ける。

殴られたせいで起きた耳鳴りの向こうから、クルリの呻き声が飛び込んできた。しかし、どうすることもできない。

「やめ……ぇろ……」

口から漏れる唾液など気にせずに絞りだす声も弱々しい。

震える手をクルリに伸ばすがそれも届かない。何とか体を起こそうとしたが力を失い、芋虫のような格好で停止する。

視線は暴行を受けるクルリに釘付けで、肝心のクルリは最低限の防御のために蹲っている。

彼女の腕は原型を留めておらず、折れて血を流している。

「このクソガキが！　俺を舐めやがって！　女のガキに殴られて気絶した俺がどんな思いをしたのかてめぇに分かんのかオラァ！　俺に恥をかかせたことを後悔させてやる！」

怒鳴り散らし、理不尽な言葉を浴びせる大男と、それに便乗するように笑いながら蹴りを浴びせる取り巻き。

なまじ体力スキルがあるせいで、傷がどんどん癒《い》えていく。それに苛立《いらだ》つ大男達の暴行はさらに苛烈《かれつ》さを増していく。

周囲に落ちている太い枝木を叩きつけ、砂を掴んで投げつける。唾を吐きかけ、石を投げつけ、暴言を浴びせ、蹴りを入れ、しまいには剣を抜き腕に突き刺した。

その度に上げるクルリの呻きに、大男は笑う。

ぷつり。

「や……め……ろ……」

自然と流れてきた涙で視界が潤む、その視線の先にあったのは、腕の間から、助けを求めるようにこちらを見ていたクルリだった。

助けなきゃ。ライルは麻痺《まひ》した体に鞭《むち》打ち、枝葉を散らしながら膝をつく。

「俺の……クルリに手を出すな……」

「あぁん!?」

いつの間にか起き上がっていたライルを見て、笑っていた顔を歪めた大男。

クルリを蹴るのを一旦やめて、ライルに歩み寄ってまたもや蹴りを打ち込んだ。

当然倒れ伏すライル。だが、這《は》うようにして大男の足を掴む。

ぷつり。

「てめぇ！　きたねぇ手で触んじゃねぇ！」

腕を踏み、無理に引きはがす。

それでもライルは止めない。なんとか食いつこうと必死になる。

自分のせいだ。彼女に「力を使うな」と命令したのも、咄嗟の判断で命令を解くことができなかったのも、全部自分のせいだ。

すまない。すまない。口内は血にまみれ、言葉を発することもままならない彼は、頭の中で必死にクルリに謝罪する。だが謝罪などなんの意味も無い。

そんな彼を見て、大男は口角を上げ、何かを思いついたという表情をする。

再びライルに蹴りを浴びせたあと、ライルを抱え、その光景がよく見える位置に捨て置いた。

「なんだっけ？『俺のクルリ』だっけ？　はっ、笑わせんな。よく見てろクソガキ。おいお前ら、その女押さえてろ」

「へい」

そう言って、押さえる必要もなさそうな程に弱ったクルリを押さえつけた取り巻き。それを見ながら何を思ったか、大男は穿《は》いていたズボンを脱ぎ始めた。

ぷつり。

「俺は魔族なんて趣味じゃあねぇんだが、どうやら立場を分かっていないらしいクソガキが偉そうに『俺の』なんて言いやがるから、少しばかりお仕置きしてやらねぇとな」

大男はその腕でクルリの貫頭衣を引き裂く。

ライルは理解した。彼らがやろうとしていることを。

ぷつり、ぷつり。

「や……めろ……。やめて……くれ……！」

血反吐《ちへど》を吐くようにして口から出た言葉は、音として彼らの耳に届く前に空気の中で掻き消えた。

大男はそのイチモツを取り出し、今にもクルリを襲おうとしていた。

ぷつり。ぷつり。ぷつり。

——ぷつり。

その時、何かが全て切れた。

視界が暗闇に染まり、体の底から黒い何かが湧いてくる感触が全身を駆け巡り、脳内で液状となって弾けた。同時に、自分の中にある力が、ひとつ上の段階へ上がったような気がした。


ユニークスキル『採集』の練度が上がりました。


黒い何かが体から溢《あふ》れ、意識を奪っていくさなか、古い言葉で語りかけてくる声が頭の中に響く。

そしてライルは意識を失った。

――次の瞬間、ライルの体は大男のイチモツを『採集』していた。

「へ？」

何が起きたのか分からない。大男がそう思った直後、視界を真っ赤に塗りたくるように股間から血液が噴き出し、強烈な痛みが全身を駆け巡った。

長い絶叫が終わる頃には、大男が悶《もだ》えたせいで飛び散った大量の血が、地面や木の幹に無数の赤い斑点を描いていた。

目の前で局部を失い血と声を吐き出す大男を見て、クルリを押さえつける手の力を緩めた取り巻き達。彼らを襲ったのも、やはり激しい痛みだった。

殴り倒したライルが鬼の形相《ぎょうそう》で、腕に持った肉塊を地面に放り投げていた。

地面に落ちたのは長さが不揃いの二本の腕。取り巻き二人の片腕だった。

それを見て、咄嗟に自分の腕を掴もうとしたが、空《くう》を切る。

当たり前だ。そこには腕が無いのだから。

取り巻き達の腕から大量の赤い噴水が上がった。

二人が仲良くのたうち回るのを尻目に、ライルは大男の方に向き直る。

大男は股間を押さえ、蹲りながら必死の形相でライルを睨んでいた。

「てめぇ……許さねぇ……か……ら……」

「性器を失った癖によく喋《しゃべ》れるものだな」

その言葉はまるでさっきのライルとは別人のようで、鋭く重く暗い声だった。

ライルは容赦なく大男の手首から先と、足首から先の四つの部位を『採集』し、投げ捨てた。

股間を押さえる手すら失った大男は、デカい血噴きの肉塊と化した。

そんな大男の顔面を容赦なく蹴り付けるライル。何度も何度も何度も、クルリが蹴られた数の何倍もの蹴りを浴びせる。

大男は抵抗しようにも武器を握る手が無ければ、立ち上がる足も無い。

「やがぁっ！　めっ……ろぉっ……！　ごふぅ！」

つま先で、かかとで、足裏で、執拗《しつよう》に顔面を蹴り、鼻を曲げ、目を潰し、口を腫らして血を吐かせる。やがて狙いは傷口となり、切断された股間の断面を蹴り上げた。

大男は声にならない悲鳴を上げて、膝で這って逃げようとするが、ライルは容赦しない。蹴り続け、ライルの靴は血に染まり、大男の傷口は泥まみれになる。

大男は痛みで気絶し、力なく倒れた。

ライルはそれを確認すると、怯えてこちらを見ている取り巻き二人の方に視線を移した。ライルは剣を拾い、歩み寄る。

元々腕があった場所を押さえている取り巻きは、危機を感じて逃げようとする。

だが、それを止めるように剣を取り巻きの脚に突き刺し、地面に貫通させた。柔らかい地表と、木々の根が交わる地中に食い込み、脚を完全に固定する。

そしてもう片方の取り巻きの手足を全て『採集』し、大男と同じく蹴り続けた。気絶した後は、大男に重ねるようにして放り捨てた。

最後に、剣で固定した取り巻きも同じようにして大男に重ねる。

これで終わりかと思いきや、ライルはおもむろに倒れ伏す三人のもとに歩み寄り、何かを『採集』した。

それは赤色に輝く光の玉で、それを即座に倉庫に仕舞ったあと、クルリに歩み寄ろうとしたところで意識が途絶えた。

◆　◆　◆

誰かが自分を呼ぶ声がする。

水中で響くような篭った音声が耳に届き、同時に水の中から引き上げられる。

「ご主人様！」

最初に視界に入ったのは、顔を真っ赤に染めて涙をぽたぽたと流すクルリの姿だった。ギザギザの可愛らしい歯を見せて、口元を緩めながらわんわんと泣いている。

真っ赤な左目と、黒く濁った赤の右目が潤みながらこちらを見つめている。

長いさらさらの白い髪が、ライルの顔に流れていてくすぐったい。

「クル……リ……」

未だ痛みの残る体に鞭打ち腕を上げ、泣いている少女の頬を撫でる。手に温い雫が触れて、指を伝って手首に触れる。

「良かった……！　ご主人様、起きて、良かった……！」

涙が混じり、上手く言葉が紡げないクルリ。

ライルは重たい体を起こし、周囲を確認する。そして視界に飛び込んできたものを見て驚き、声を詰まらせる。

「ご主人様っ……！　まだお体が！」

「――なぁクルリ……」

ライルが見つめる視線の先のものとライルの顔とを見比べて、クルリは首を傾げる。

「これ……誰がやったんだ……？」

そこにあったのは、先程ライルが叩きのめした大男と取り巻き二人の姿だった。

◆　◆　◆

どうやらライルはあの時の記憶が無いらしい。

朦朧とした意識の中で、一部始終を見ていたクルリに説明されて、そんな覚えは無いと頭を振るライル。

「あの時のご主人様は……何だかとっても怖かったです……」

「えっと、なんかごめん……」

「い、いえ！　私は大丈夫です……」

「ほんと、ごめん。ごめんなクルリ」

ライルはクルリをおもむろに抱きしめて、謝罪の言葉を口にする。

「ひゃっ！　ご、ご主人様!?」

慌てふためくクルリだが、聞こえてきた小さな嗚咽に思わず黙る。ライルが泣いているのだ。彼の涙が地肌に落ちて、鎖骨を通る。

クルリはどうして良いのか分からず、とりあえず彼の背中をさすった。

しばらく泣いた後、我に返ったライルは、慌てて立ち直り、三人組の方に視線を移す。未だに倒れ伏している三人からは全く気配が感じられない。

もしや失血死したのかと思い、軽く脚で体を裏返してみる。

「死んで……ますね……」

「まじかよ……」

一番上に倒れていた取り巻きは、白目を剥いて肌の色を変え、だらりと力無く倒れている。これで気絶と言うには無理があるほどの、完璧な死の色だった。

ライルは頭を抱える。

あれほどクルリに、人に危害を加えるなだとか、人を殺すなだとか偉そうに言っておきながら、自分は立派に殺人を犯してしまっている。

(いや、記憶が無いんだし……って、そんな言いわけ通用するはずないよな)

頭を抱えて涙目になり、クルリを見上げるライル。

どうしようどうしようと二人で話し合うが、一向に解決しない。

二人があーでもないこーでもないと唸っている時に、ライルが遠目にある動物を見つける。

それを見たライルはぽんっと手を打ち、クルリの手を取って反対方向に駆け出した。

「あいつは結構鼻が利《き》くし、凶暴だからな。こんなところまで降りてきているとは驚きだが、これは好都合だ」

「ご主人様っ、あれは、なんて名前なんですかっ？」

ラーティアミズグマ。

熊の一種で、ここラーティア王国にのみ生息する。

毛は黒いが日に照らすと藍色《あいいろ》に見える。目元は特に藍色の発色が強かった。

山奥で怪我をした冒険者を襲う、魔物以上に危険な存在だ。音には敏感なため、騒いでいると近寄ってこないが、血のにおいに寄ってくる。

「危なそうな熊ですね……」

「あぁ、あれに遭遇したら死を覚悟した方が良い。幸いあのラーティアミズグマは、大男達の死体に夢中だからな。ま、そもそもあのにおいに釣られてきたんだろうけれど」

そうですね、と返したクルリの手を取る。

器用にも三つの死体を抱えたラーティアミズグマを尻目に、ライルは山を降りるのであった。

そして山の中腹、ウルオイ草やタキの木を採集した川辺に着き、腰を下ろした。

「はぁ、何とか乗り切った……」

「ですね……」

「は……はは……ははは……は——」

川の音がそうさせたのか、それとも腰を落ち着けた安心感がそうさせたのか。感情を堰《せ》き止めていた『復讐心』が、ぷつんと切れた。

途端、口から酸っぱい物が飛び出してきた。

ライルもクルリもその場で嘔吐する。そして雪崩《なだれ》のように心を襲った罪悪感や恐怖に押しつぶされそうになり、涙が溢れてくる。

「人をっ……人を殺っ……人を殺しちゃったぁえ……ぅぐぅ……ぉえ……」

ハイになっていたせいで、諸々の感情が堰き止められていたらしい。

今更どろどろと流れてくる真っ黒で生々しい感情は、吐き気を誘い、涙を誘い、意識を奪おうとしてくる。下手をすれば自殺をしてしまいそうになるほどの、この感覚。

わずか十五と十六の二人が耐えられるはずもなく、必死に記憶を吐き出そうと、口から胃の中のものを出している。人を殺してしまった。

息をしていない死体。熊に連れていかれる血塗《ちまみ》れの肉塊。

二人はしばらくの間、喋ることもせずに苦しんだ。


下流へ流れていく吐瀉物に目もくれず、ライルは己の罪に目を向けていた。

いくらその時の記憶が無かろうと、四肢を削がれ、局部を失い、色の無くなったあの肉の塊を見てしまえば、嫌でも吐き気が込み上げてくる。

またもや空になった胃から何かを吐き出そうと必死になる体に、ふと温もりが与えられた。それは隣にいたクルリの手で、優しく背中をさすってくれている。

ほとんど意識は朦朧としていた上、自分がやったわけではないので立ち直りが早かったのだろう。とはいえ彼女の顔色もまだ優れない。

青い顔をしながら、それでも苦しむ主人の背中をさする。温かい。

「ありがとう……クルリ……」

ここまで苦しむライルだが、後悔はしていない。数時間前に絡まれただけの関係だとしても、あれほどの暴力を受けて黙っていられるような人間ではないのだから。

死んでも天国には行けないだろうな、なんてことを考えながら、落ち着いてクルリの方を向いた。もう大丈夫だ。そう言おうとして気付く。

彼女はあの大男に服を引き裂かれたままなのだ。故に現在彼女は服を着ていないも同然の格好で、肌のほとんどを露出させている。

ライルの視線に気付いたのか、クルリは改めて自分の格好の卑猥《ひわい》さに頬を染めて、ライルに背を向けた。

「ご、ごご、ごめんなさい！　お見苦しいところを！」

「い、いや……別に。大丈夫」

やけに冷静なライルだが、実際のところ彼女が衰弱して寝込んでいる時に、彼女の体を全身くまなく拭いているので、耐性はついている。

もちろん平常心というわけではなく、それなりの反応を示しているのも事実ではあるが、そもそも今はそんな気分でもない。

「服、どうしようか」

奴隷であることにかこつけて、資金不足のために服を買わなかったことがこんなところで響いてくる。いくつも服を買ってやれるほど裕福ではないとはいえ、流石にこの格好はまずかろう。

とりあえず、ライルはクルリに上着を貸してやる。

おずおずとその服を受け取り、破れた貫頭衣を脱ぐ。

「そうだ。水浴びも済ませとこう。クルリ、先に入ってきなよ」

「ですが……、ご主人様より先に水浴びを済ませてしまうのは……」

「良いよ。俺が許可するさ」

「ありがとうございます」

幸いにもここは川辺だ。

先ほど汚物を吐き捨てた場所なので抵抗があるが、泥まみれなのも事実。

クルリも特に嫌がることなく、ライルから受け取った服を岩の上に丁寧に畳んで置き、川へ入っていった。

二人同時に入るなんて、危機管理能力を投げ捨てたような行動をするほど馬鹿ではないので、クルリが水浴びをしている間はライルが見張る。

彼女の青白い肌の上を、粒状の雫が通過していくのを眺めながら周囲を警戒する。

三人もの人間を捕獲したので、おそらくラーティアミズグマが襲ってくることはないだろうが、ゴブリンなんかがまた現れた時用に剣に気を配っておく。

ライルはあたりを警戒しながらも、今回の収穫を色々と確認していく。

倉庫を見てみると、今までに採集した植物や鉱石がずらりと並んでいる。本のようなイメージをぱらぱらめくると、その都度羅列されている物の名前が変わった。

その時、奇妙なものが目に止まった。

そこにあったのは『グスタ』『マルタ』『オットー』という見慣れない項目だった。

気になったので取り出してみると、どれも赤く光る玉だった。まるでスキル玉のようで、サイズはまばらだ。三つにはそれぞれ、項目と同じ名前が刻まれている。

一際大きいグスタという玉を観察し、もしやと思って図鑑を開いてみる。

『植物』『菌類』『動物』……とページを進めていく。

そして最後、『スキル』のページを開く。やはりどこにもグスタという文字は無い。だが——。

「つ……次がある……」

そこにあったのは『生命』という分類。

そこには、しっかりとグスタ、マルタ、オットーの文字があった。

「嘘だろ……」

恐る恐る『グスタ』の項目を開いてみると、そこにはグスタという男の人生が事細かに記されていた。さらに登録スキルなる欄があり、そこには十数個のスキル名がある。

「獲得採集ポイントは219。間違いない、これ、あの大男の命だ……」

グスタ、マルタ、オットー、それぞれに記された最後の出来事が、全てさっきの一件のことだった。

登録スキルとは、おそらくグスタ達の持っていたスキルのことだろう。

グスタは『腕力』『脚力』『筋力』という増強スキル三つを持っていて、『剣術』まである。冒険者にうってつけのスキルだ。『裁縫』スキルと『料理』スキルまで持っていて、妙に家庭的なところもある。

マルタ、オットーも同様に、冒険者向きのものから家庭的なスキルまで揃っている。マルタに関しては『水魔法』まで持っていた。

マルタとオットーの獲得採集ポイントは101と116で、獲得ポイントはばらつきがあるらしい。生命の玉の大きさは、採集ポイントの大きさなのだろうか。

生命の重みや大きさが数値化していると思うと笑えない。

どうやら生命は生成不可能らしく、獲得採集ポイントの表記はあれども、生成に必要な採集ポイントは表記されていなかった。

これを採集したことにより、彼らは死亡したのだろうか。自分が本当に彼らを殺したのだという実感が湧く。

この生命の玉は、スキルのように人に与えられるのだろうか。

もし与えた場合、その人の人格が、あの男達に変わってしまったりしないだろうか。

全く関係のない人に、全く関係のないことで復讐されてしまうと思うと……。

いや、これらは後々考えようと思い、生命の玉を倉庫に仕舞った。

ついでにマズイの実を三つ生成しようと、生命から植物の項目まで戻ろうとしたところで、ふと気づく。

「あれ？　スキル、増えてね？」

『植物』の分類と『生命』の分類の間にあるスキルの分類を見た時に判明したことなのだが、どうも採集すらしていないスキルがいくつも図鑑に登録されているのだ。

「もしかして……！」

ライルは再び生命の項目へ戻り、採集した生命に登録されたスキルと、新たに図鑑に追加されたスキルを見比べる。

そしてその予想は当たることとなる。

どうやら採集した生命に登録されていたスキルは、全て図鑑に追加されるようなのだ。

グスタが持っていた剣術スキルや腕力、脚力、筋力スキルはもちろん、裁縫、料理、それに水魔法などなど、多くのスキルが図鑑に登録され、あまつさえそれらは全て『生成可能』だった。

ノーマルスキルですらどれもこれも５００ポイントを消費してしまうが、それでもこれは大きい。今まで一度採集したスキルしか生成できず、あまり価値を感じられなかった。しかしまだ未採集、つまり全く新しいスキルを覚えられるのならば、その考えは一変する。

獲得ポイントの、五倍ものポイントを消費するだけの価値がそこにはある。

とはいえ殺人鬼になるつもりは毛頭ない。あれは特例だ。あくまでクルリを救うためであり、かつ彼らに復讐するためのものだ。

（大体生命の採集の方法なんて知らない……）

そんなことを思いながら川の方へ視線を移すと、細い体に雫を這わせて、川から上がってくるクルリと目が合った。

彼女は途端に赤面し、ライルの上着を着ようとする。

「あぁ待って待って」

慌てるクルリの腕を取る。全裸の状態で腕を掴まれたクルリはさらに混乱し、あわあわと全身を紅潮させていく。

だがライルはクルリに目もくれず、鞄の中からタオルを取りだしクルリの体を拭き始める。

「ひゃぁ……！　ぅえ!?　えっあっ！」

クルリはされるがままにライルに体を拭《ぬぐ》われる。ライルは恥部だろうがお構いなしに拭きあげる。

その手付きはとても慣れたものである。

ひとしきり拭き終わり、我に返る。

冷静に考えると、同い年程度の女の子の体を無遠慮にタオルで拭いているというのは、なかなか変態チックな光景である。とはいえ、もう雰囲気が後戻りを許さない。

ライルは布を敷いた石の上にクルリを座らせ、髪を拭いてやる。

その艶やかさに驚きつつも、するすると手が通る感触を楽しみながら水気を取っていく。

髪をかきあげると彼女のうなじが見え、そこから流れるように肩へと視線を移す。

軽く震えているのが見て取れた。表情は窺えないが、きっと寒いのだろう。そう判断したライルは、もう一度念入りに彼女の体を拭い、びくつく体の上に上着をかけてやる。

風魔法でも使えれば彼女の髪を乾かすことも可能だろうが、今は妥協するしかない。

水気が拭えなくなった頃合を見計らって、拭うのをやめた。

やはりライルからは、真っ赤に染まった彼女の顔は見えなかったようだ。

◆◆◆

ギルドに行く前に一度宿へ戻り、クルリを待機させた。

上着を着せたとはいえ、そんな格好でギルドに向かわせるわけにはいかない。街中を歩かなければならなかったのは仕方がないとしてもだ。

ポイントは650ほど溜まっており、そこから180消費してマズイの実を納品したライルは、依頼料を受け取り宿に戻った。

ギルドでライルに注がれた視線は、いつもとは違い同情するようなものだった。おそらくグスタについてのことだろう。

彼は相当にキレていたし、ライルのもとへ向かう前にもここで一悶着《ひともんちゃく》あったのが窺える。

奇異の視線に晒《さら》されながらも、女の子用の服を購入して宿に戻り、クルリに着せる。

早々に宿を出る準備を終えたライルは、クルリ用の鞄に荷物を詰めさせた。

「忘れ物は無いいな？」

「はい」

確認を終え、用意しておいた外套《がいとう》のフードを目深に被り、宿を出た。

街を出るために門へ向かいつつ、人々の話に聞き耳を立てていると、どうやら人間を抱えたラーティアミズグマがいたということで、噂になっているらしい。

間違いなくあの熊とグスタ達のことだろう。

見かけた人の話によれば抱えられていたのはグスタという冒険者とその取り巻きである、ということまで分かっていると話している人がいた。

ライル達についての話は出ておらず、あくまでラーティアミズグマに襲われたのだろうという憶測だけが広まっていた。

懸念点として、彼らの腕や足が放置されたままというのはあるが、よほどのことがない限り、それとライル達とを結びつけることはできないだろう。

とはいえ早く立ち去るに越したことはない。

ライル達は足を早め、早々にヘイヌの街を出ていった。

◆　◆　◆

ヘイヌの街の北の山を迂回《うかい》するようにして東へ向かうと、山を分断するようにできた道がある。

そこからウィンスター伯爵領を北に抜け、ラーティア王国東に位置するロンドノイツ侯爵領に入った。

ロンドノイツ侯爵領には、王都の次に栄える街『ローファド』がある。

ローファドにはロンドノイツ侯爵邸があり、侯爵邸は海に面している。そこを中心としたリゾート地が有名で、貴族がよく訪れているらしい。

もちろんライル達は、そんな貴族が集まる街に行くつもりは無い。現在向かっているのは、ラーティア王国で最も冒険者が集まる『アドベン』という街だ。

ロンドノイツ侯爵領は、海側に面した部分が扇状に広がり、ラーティア王国の中心に向かうにつれ剣のように細長くなっている。上空から見れば歪なキノコのように見えるだろう。

ライル達がいるのはその先端部分に近い、キノコの石突《いしづき》の部分。数時間歩けば侯爵領から出てしまう場所だ。

その付近の川の流れている場所で、ライル達は一度野宿をした。

本来ならヘイヌで夜を明かしてから来るべきだったのだろうが、あの街には極力いたくないという気持ちが勝った。

ただアドベンに向かうには、ウィンスター伯爵領とロンドノイツ侯爵領の境に聳《そび》え立つ、とある山を抜けなければならない。

この山が曲者《くせもの》で、魔物が多く湧く。おそらくヘイヌの北の森に現れた魔物達も、この山で発生したものがやってきたに違いなかった。

「よっしゃ500溜まったわ」

ライルは道中で採集活動を行いながら、そんなことを口にした。

ライルはすぐさま図鑑を開き、スキルの項目に移る。今回進む山の中では何が起こるか分からない。

故にグスタ一行から得た大量のスキルを活用する他ない。ライルはスキル『剣術』を生成し、例の儀式によりクルリに与えた。

半ば乱獲じみたことをして溜めた500ポイントがあっさりと溶ける。

最近はクルリの火魔法や剛腕によってさくさくと動物を狩ることもできるようになったとはいえ、

500もポイントを溜めるにはそれなりの犠牲と労力が必要だ。

既に三回目となったスキル取得により、今までのスキルに加え、新たに覚えた『水魔法』『弓術』『剣術』を駆使して、あの山を越えるつもりである。

ちなみに『弓術』はライルが早とちりして、弓も矢も無いのに「『弓術』があれば狩りが楽になる」などと言って取得したため、現在はどうしようもなく浮いている。

弓と矢でも買えば良いのだろうが、スキルを生かすためだけに弓を買うのは出費がデカすぎる。

ライルの剣を与えたため、『剣術』と『水魔法』は使用可能である。

水魔法も万能ではなく、周りに水がなければ意味が無いのだが、幸い山には充分水が溢れている。

飲み水くらいはいとも容易《たやす》く生成できるのだ。山に入っても困らないだろう。

「そろそろ休憩にしようか」

「はいっ」

度重なる採集活動に疲れたライル達は、近くにあった川辺に降り、大きな石に腰掛けて休憩に入ることにした。

川辺の石たちは凹凸がほとんどなく、座り心地はよい方だ。もう少し大きい岩があればここで昼寝をするのも悪くないのかもしれない。

鞄から取り出したコップの中に、クルリの水魔法で新鮮な水を注ぎ、喉を潤す。

最後の野ハチゴとパンを齧《かじ》りつつ、ライルはクルリに己が目標である伝説の花について話す。クルリも興味深そうに話を聞くものだから、饒舌《じょうぜつ》になってしまったライルだった。

休憩も終えたところでこれから向かう山へ視線を向けると、どこぞの冒険者が戦っているのが見えた。

日に日に増していく己の視力に驚きつつも、その戦いを注視する。

細かいことは分からないが、苦もなく冒険者達が勝利したことは分かった。

彼らはアドベンから依頼のために来たのだろうか。

そんなことを考えながら、ライル達も山へ向かう。

「あと少しか……。クルリ歩けるかい？」

「はい。ご主人様は……」

「俺は平気さ。ちょっとかかとが熱いくらいかな」

いくら先細った土地の先端だとしても、それなりに広く、横断するだけでも体力を消耗した。

開けた土地でなければもっと時間がかかっていただろう。目的地がここから窺えるだけでもマシだ。

「さっきの冒険者みたいな人達、どんな魔物と戦ってたんだろうな」

「冒険者？」

「見えなかった？　あの辺で戦ってたんだけれど」

「分かりませんでした……。よく見えましたね」

「視力は良い方なんだ。にしても最近は調子がすこぶる良いけどね」

目の下の方を指で触ってアピールするライル。

実際、ライルは採集などで見えにくい薬草や背景に溶け込むキノコなんかを探し続けてきたのだから、視力は昔から良い。それが、最近はさらに伸びているらしい。

「さ、行こっか」

ライルは立ち上がり、さして何も付着していない尻をはたいて鞄を背負った。クルリもそれに続く。

しばらく歩くと道の起伏が激しくなり、坂道が多くなると共に山の入口がハッキリと見えてきた。

ここから先は魔物の巣窟だ。

魔物とは、一度対峙して退治しているので耐性も少しは付いたつもりだが、倒したのはクルリだし、自分は無様にも逃げ回っていただけなので不安である。

「ご主人様……。何だかあの山は危険な気がします……」

「そりゃあ魔物がいるからな」

「いや……何だかそれ以上の…………気のせい、かもしれませんが……」

ライルに怯えるのとはまた違った感じで怯えながら言うクルリ。

彼らの微妙な温度差は埋まる気配がない。

クルリは警戒を強め、ライルは気にせずに、山の入口に着いた。途端に周囲が枯葉まみれになるところを見て、森へやってきたなと実感する。

おそらくそこを皆通るのだろう。不自然に地が固まり草木が避けている、太い線状の山道を登り始めた二人。

途端にどこかからしわがれた鳥の鳴き声と、魔物らしき唸り声が聞こえた。

「うぅ……怖い……」

「手でも繋ぐか？」

「ひぇっ！　い、いえ！」

ライルはおどおどしているクルリを一瞥《いちべつ》して、差し出した手を引っ込めた。

しかしなるほど、ヘイヌの北の森とは毛色が違う。

感知スキルなどなくとも、確かに魔物の気配を感じ取ることくらいはできる。

空気の違いで敏感になっているだけだから、そのうちに慣れてしまうのだろうが、これは慣れるべきではないような気がする。

早々に５００ポイント溜めて感知スキルを発動させる必要がありそうだ。

これじゃあ、いつ魔物に奇襲されてもおかしくない。彼らにそれほどの知識があればの話だが。

◆　◆　◆

今なら五秒もしない内にクルリに殺されてしまうだろう。

目の前の少女は瞳を恐怖の色に染め、腰を引いて足を震わせつつも、およそ人間とは思えない速度と力を用い、歴戦の戦士のような剣さばきで魔物をアカシに変えていく。

聞いていたよりも数倍多く現れた魔物達は、現在アカシとしてライルの倉庫に納まっている。

もう二桁は倒したにもかかわらず、クルリは呼吸をほとんど乱していない。ジョギングでもしているかのような息遣いで、ライルのそばに寄る。

「にしても魔物が多いな。ゴブリンばっかりだし、そんなに苦でもないのだろうけれど……。俺は戦ってないけどな」

「そうですね……。確かに多いと思います」

この現状を見るに、ここからヘイヌの北の森に魔物が漏れてきているということで間違いないのだろう。

現在ライルはスキルをふたつ採集している。

どちらもノーマルスキルで、『建築』と『呼吸』だ。

前者は文字通り建築に関する技能が上がりやすくなる。後者は、呼吸が効率的になる。

肺活量に直接影響するわけではないが、呼吸方法を意図的に操ることも可能で、肺を鍛えたりできる。運動時に酸素供給が滞りなくできる。

どちらもそれほど必要とは言えない。

必要性を感じていないため倉庫の片隅に追いやっている。もしもスキルを獲得できる上限が存在した時に、邪魔になるかもしれないからだ。果たしてこれらもいつか活躍する時が来るのだろうか。

あと100ポイントほどで500に達するため、スキル生成が可能となるのだが。

ちなみにライルはスキル図鑑を増やしたいがために、ゴブリン相手にいろいろと試行錯誤して、生命採集を可能にできないか試しているのだが、今のところ成果はない。

そもそも魔素で構成されている魔物から、生命という概念を抜き取ることが可能なのか、甚《はなは》だ疑問である。

動物相手にはまだ試していないので、オカメイノシシあたりが出てきたら試してみるか。

「待ったクルリ……」

「私も気付きました」

二人は歩みを止めた。その場で姿勢を低くし、木の陰に隠れる。

二人が感じとったのは微《かす》かに漂う血の香りだった。風に乗って嗅覚を刺激してきた鉄のような臭気は、そのままライル達の後方まで流れていった。

「どこかに魔物か……あるいは動物がいるかもしれない。何の血のにおいかは分からないけれど……、せめて動物の死体であることを祈るね」

魔物の蔓延《はびこ》る陰鬱な森でただでさえ削られた精神力が、さらに削られてしまう。あんなものを見るのはもう懲《こ》り懲《ご》りだ。

死んだ人間を見るのは、死んだ動物を見るよりも数百倍精神的なダメージが大きい。

あと少しでアドベン方面に行けるというのに、こんなところでそういうものには遭遇したくないものだ。

ライル達は一層警戒心を強めて進む。

その時、猛獣が骨肉を咀嚼するような、生々しい音色の咆哮が森の中に轟《とどろ》いた。

咄嗟に身構えたライル達だったが、その音は遠く感じられ、少なくともすぐさま出会《でくわ》すような距離にいないことを悟った。

それでも死を仄《ほの》めかす重低音に肝を冷やしたのだから、あの声の主は相当なものだろう。

存在を確認できただけでも良かった。

ライル達は一層足を早め、予定よりも一時間ほど早く森を抜けたのだった。

◆　◆　◆

高低差を無理やり埋めるようにして削られた、蛇のような道を下りながら、遠目に見える街を確認していた。

「あれがアドベンか。ヘイヌよりも栄えているな……。確か一際大きい建物が冒険者ギルドなんだよな。あれかな。いや、あっちかも」

いくつか見える大きな建物を見て、どれがギルドか予想する。

「着いてのお楽しみだな。行くよクルリ」

「は、はいっ」

クルリも同様に、眼下に広がる光景に目を輝かせていた。

しばらくは街を眺めながら歩き、街に着いた頃には首が疲れていた。

とりあえず宿を探す。荷物を置いてからギルドに向かうためだ。

あまり高い宿は取れない。幸い奴隷は持ち物扱いなので、一人部屋を借りることができた。

部屋の中は埃臭《ほこりくさ》く、申し訳程度に置かれた机と粗末なベッドは、ライルが横を通り過ぎると埃が舞っていた。

部屋の隅に荷物を置き、冒険者としての必需品のみを持ってギルドへ向かう。場所が分からないので、冒険者風の人間を見つけて後を追った。

アドベンの街は起伏が激しいため、歩くだけでも体力を消耗《しょうもう》する。

上り下りに苦しめられながら、長い坂を上った先にある冒険者ギルドを見つけたのは、宿を出てから十数分後のことだった。

ギルドはアキシスの村やヘイヌの街とは比べ物にならないほど広く、また人も多かった。

鎧を着込んだ冒険者、弓を携えた冒険者、ギルド職員、直接依頼を持ち込む人達がどかどかと移動している。

忙《せわ》しなく動く人々や飛び交う声に興奮が抑えられなくなったライルは、うきうきしながらクエストボードへ向かった。その周囲には特に冒険者が集まっている。

ライルは人混みに埋もれないように気を付けながらクエストを探す。もちろん採集クエストだ。

「お、ルーキーか？　どのクエストがいいんだ？　ついでに俺が取ってやるよ」

「邪魔だガキ。てめぇみたいなガキは、とっととおうちに帰んな」

「下級冒険者用のクエストならあっちのボードだよ」

「おい新人。お前には雑用クエストがお似合いだから、これでも受けてな」

冒険者も千差万別で、親切に接してくれる人もいれば当たりのきつい人もいる。

ライルは適切な対応をしながら、自分の望む依頼書の前まで辿り着いた。

そして『オカメイノシシの牙十本』と『カチカチヤマイモを定量二袋』の二枚を選ぶ。

定量とは、素材それぞれに決められた規定の分量で、カチカチヤマイモの場合は拳十個分と言われている。それを二袋用意すれば良い。

二枚の依頼書を受付に持っていき、控えを受け取ってギルドを出た。

魔族で奴隷のクルリは目立つのか、視線を集めていたようだ。

その後ライル達は西側にある森へ向かった。

この森はライル達が通ってきた山から続いており、同じように魔物が出る。ゴブリンがほとんどらしいが、時折別の魔物も出ると聞いた。

ゴブリンは十段階中の一番下『下銅種』に認定されており、初級冒険者でも難無く倒せる。

それを怖がり逃げたライルは、他の冒険者の目にはとても惨《みじ》めに見えただろう。

とはいえ、あの時のゴブリンは珍しくレアスキルを持っていたため、通常よりは戦いづらかったのだが。

森に着いた二人は、まずカチカチヤマイモを探す。

カチカチヤマイモの蔓《つる》は木に巻きついているのだが、茶色く木に同化して見えにくい上、光合成のための葉は、頭上の高い枝葉に紛《まぎ》れ込んでいるという徹底ぶり。

そのため、木の幹に集中しつつ根元をしっかりと観察しなければならない。

なぜなら地中からほんの少しその身を出しているからだ。

土に溺《おぼ》れているとも、土から覗いているとも言われるその飛び出た先端はほんのり白いため、蔓よりは断然見つけやすかった。

しばらく歩いたところで、ライル達はひとつ目のカチカチヤマイモを見つけた。実に幸先が良い。

すぐさま木の根元に近付き、傷が付かないように慎重に周囲の土を掘っていく。

掘り出せたのは平均よりもふたまわりほど小さいものだったが、この調子ならすぐに定量二袋は集まりそうだった。

しかし、カチカチヤマイモを袋に仕舞い立ち上がった二人に、突然棍棒が振り下ろされた。

それをライルは咄嗟に避ける。

「あっぶねぇ！」

クルリはすぐさまゴブリンに殴打を食らわせ、魔素に変えた。

ぽとりとゴブリンの耳が落ちたのを確認する暇もなく、もう一体のゴブリンに襲われる。

すかさず抜剣し、ゴブリンの首元に一閃《いっせん》。

ゴブリンの首はありえない角度まで曲がると、魔素を散らしながら吹き飛び、木の幹に激突すると同時に消え去った。

それを機に騒ぎ出したのは、およそ十体に及ぶゴブリンの群れだった。

「うわ……囲まれたか……」

「とても多いですね……」

大きなヤクの木を背にして臨戦態勢を取る。とはいってもライルに攻撃手段はないので、クルリに守られている状態だ。

醜《みにく》い雄叫びを上げ、五体ほどのゴブリンが走って迫ってきた。ライルは思わず目をつぶる。

次に聞こえてきたのは、ぼとぼとぼとという何かが落ちる音だった。

恐る恐る瞼を開けると、そこにはゴブリンのアカシだけが落ちていた。

流石は最高練度の『瞬速』と『剛腕』、そして『剣術』のスキルを持つ少女だ。瞬く間に五体ものゴブリンを屠《ほふ》ってしまった。

「や、やーい！　どうだ見たかゴブリン共！　うちのクルリは凄いんだぞ！」

陰に隠れてゴブリンを煽れるくらい、クルリは頼りになる。

「かかって来やがれ、ゴブリン共！」

「か、かかって来ないでください！」

依然としておどおどと剣を構えているクルリ。怯えながら凄まじい剣技を披露《ひろう》するのだから、ミスマッチという言葉がぴったりだ。

先程から掛け声が「きゃぁ！」「ひぇ！」「やっ！」と、襲われているようにしか聞こえないのだが、その光景はもはや蹂躙《じゅうりん》だった。

あっという間にゴブリン全てをアカシに変えて、クルリはその場にへたり込む。

カチカチヤマイモ一本掘るだけで十ものゴブリンに囲まれちゃ採れるものも採れなくなる。

「やっぱり大量発生でもしてるのかな。原因は魔素か……？」

ライルは一抹の不安を抱きながら山の奥へ進む。

それからもカチカチヤマイモの採集を邪魔するかのように、頻繁に現れるゴブリンを駆除しながら探索をしていた。

異常な魔物の数に疑問を抱かざるを得ないが、幸いにして敵はゴブリンだけだ。クルリがいれば特に問題は無い。

魔物狩りも思ったよりは楽である。

「なんて考えていたのが悪かったのか……？　神はどうやら油断を許しちゃくれないらしい」

「どうしますか？　逃げますか？」

「逃げるって……、別に今は狙われているわけでもないし……」

シュヤクという一際大きいヤクの木の幹に隠れながら、ライルとクルリはその光景をこっそり見ていた。

百体以上のゴブリンがわらわらとある一点を取り囲み、気味の悪い声を上げている。その中心には剣を構えた冒険者らしき男女四人組がいた。

ゴブリン一体一体の戦闘力はそれほど高くないので、四人は迫り来るゴブリンを倒してなんとか凌《しの》いでいるが、流石に数が多すぎる。

既に彼らの足下には無数のアカシが落ちており、どれだけ長時間戦ったかが分かる。

「俺達が逃げたら彼らが……」

「で、ですが流石にこの数は……あっ……ご、ごめんなさい……！　口答えしてすみません！　黙って戦いに――」

「あぁ待って待って！　別に怒っていないから……」

多分クルリなら余裕なのだろうが、突然手に入れた力に精神が追いついていない。

ある程度は慣れたようだが、確かにこの数では怯えるのも当然だった。

戦うのはクルリだ。戦闘力皆無のライルは足手まといにしかならない。

別に自分達が襲われているわけではないので、嫌がるクルリに無理強《むりじ》いするわけにもいかなかった。冒険者に死は付き物だ。あの四人を見捨てても誰も文句は言うまいが……。

「クルリ。逃げるくらいなら頼めるか？」

「逃げる……ですか？」

「ある程度あいつらを引き寄せれば、何とか冒険者達も逃げることができるかもしれない。その後、俺を抱えて逃げてくれれば……」

何とも情けない主人だが、これしか方法は無い。

「わ、分かりました。やってみます……」

「ありがとう。ごめんな、情けなくて」

「い、いえそんな」

ライルは申し訳なさそうにしながらシュヤクの幹の後ろから体を出す。その際に幾許《いくばく》かの土を掴んだ。彼は少し高い場所からゴブリン達を見下ろし、目立つように大声で言う。

「や、やいゴブリン共！　こっちにも獲物はいるぞ！　かかって来やがれ、緑のなんかこう……変なヤツめ！」

それとともにゴブリン軍団に向かって掴んでいた土を投げつける。

知能が幼児並みのゴブリン達にはそれがとてつもなく効いたようで、想定していたよりも多くのゴブリンが釣れた。というかほぼ全員がライルの方に敵意を向けている。

「たた、た、頼んだぞクルリ……！」

「は、はい！」

言うや否やクルリはライルを丸太のように持ち上げて、猛ダッシュで森を駆け抜けた。

「できればっ――ゴブリン共をっ――引き付けながらっ――頼《く》むっ――！」

頭をがっくんがっくん揺らしながら伝えるライル。それを汲み取ったクルリは停止して、ゴブリンが追いつくのを待つ。

充分な距離を保ちつつ、ゴブリン共が見失わないように逃げることで、徐々に冒険者達からゴブリンを遠ざけられているようだ。

「よしいいぞっ――流石だクルリっ――！」

このままある程度引き寄せて、その後超速で冒険者達のところへ戻ればコンタクトも取れよう。

今は何より、このゴブリン軍団をどこかへやるのが先決だ。

とはいえ、なるだけ早くこの状況を脱したい。さっきから下腹部が圧迫されて色々と困った問題が発生している。

クルリに勘づかれるのも時間の問題な気がしてきた。

「あぁっ――！　カチカチヤマイモがっ――！」

しかし地面から顔を出す小さな白い突起を見つけて、反射的にそう叫んでしまったライルは、己がどこまで採集に貪欲なのかを思い知らされ情けなく思う。こんな時まで採集かと。

「ご主人様！　どこまで引き付けますか!?」

「もうっ――そろそろっ――良いかもっ――！　少しっ――速度を上げてっ――！」

「はい！　分かりました！」

途端、人体からそんな音が出るのかという凄まじい轟音《ごうおん》を鳴らして、クルリは加速した。

その速度はライルの内臓を一気に偏《かたよ》らせ、危うく口から心臓が飛び出すかと思うほどの負荷をかけた。

クルリは木々を足場にあちらこちらへ飛び回り森を駆け抜ける。あまりの速度に、あっという間にゴブリン達の姿は見えなくなっていた。

「すみません、ご主人様……」

「い、いやいいんだクルリ……よくやった……。これなら多分、冒険者達にも逃げる隙はできたと思う……。分かんないけど……。ヤバイ、喋ると吐きそう……」

ライルは腹どころか全身をさすってどうにか吐き気を抑えようとした。クルリもとりあえずライルの背中をさする。

「にしても凄いなクルリ。あんなに速く走れるなんて」

「あ、あれでも抑えたつもりなんですが……、すみません、速く走れと言われて焦ってしまいました」

「凄いなって褒めたんだから、謝らなくても良いんだよ……。あれより速く走れるのか……」

四つん這いに近い体勢で、後方にいるクルリの方に無理やり視線を移しつつ言うライル。その表情はあまり優れない。

「どのくらい？　一回本気で走ってみてよ。あ、ちょうどいいからあそこのシュヤクの木まで」

「や、やってみます」

ライルは口元を押さえつつ、遠くにあるシュヤクの木を軽く指差す。

クルリは胸の前できゅっと手を握りしめ、走る構えをとった。構えが独特だ。

「いくよー、スタートっ」

誰だ爆発魔法を使ったのは。それがライルの感想だった。

開始の合図と同時、クルリがいた場所から落ちた枝葉が後方へ吹き飛び、地面は隕石でも落ちたかのように抉《えぐ》れ、目印にされてしまったシュヤクの木は幹の八割以上を失った。

爆音にも勝る破裂音は、おそらく木の幹が吹き飛んだ音だろう。土と枯れ葉を振りかけられたライルはその光景を呆然と見ているしかできなかった。

直後またも超速で元の位置まで戻ってきたクルリは一言。

「すみません。スピードを出しすぎて、止まるために咄嗟に木を殴ったんですが、それでも止まりませんでした……」

申し訳なさそうにして、いつ叱責《しっせき》が飛んでくるのかとビクビクしているクルリだが、そんなことできるはずもない。

一瞬で地を抉り木の幹を破裂させその場から消える女の子に対して怒れる人間がいるだろうか。

そして何より。

「ヤバイぞクルリ……。今の音でゴブリン達がこっちにやってきているみたいだ……！　普通あんな音がしたら逃げるだろ……クソ、ゴブリンめ……！」

「すすすすすみません！　ど、どうしましょう！」

「こっちこそごめん！　こんなとこで試させなきゃよかったな――ちょっと内臓が心配だけれど、もう一回俺を抱えて逃げてくれるかな？　できれば安全に、衝撃を和らげて、優しく……！」

「ぜ、善処します……！」

クルリはまたもライルを丸太のように抱えて、独特なスタートの構えをとった。嫌な予感しかしないライルは目をつぶり、クルリに身を任せた。

記憶は飛び飛びだが、本来は尻から出るはずのものが口から出るかと思った。

その後、急いで冒険者達の元へ戻ってはみたが、既に撤退した後なのか、そこにはゴブリンの姿がちらほらあるだけで、彼らの姿はどこにもなかった。

完全に逃げきれたのか分からないが、とりあえずは安堵する。これで冒険者達が死んでいようものなら笑い事じゃ済まなくなる。

「どうしますか？」

「多分、ちゃんと逃げきれたと思うから、俺達も採集作業を再開しようか」

「分かりました」

不安は残るがこれ以上は考えたって仕方ない。

ライルとクルリはカチカチヤマイモを採集するべく、その場を離れる。そして、ゴブリンから逃げる最中に見かけた場所へ向かったのだった。

◆ ◆ ◆

結局カチカチヤマイモは定量に満たなかったので、とりあえずカチカチヤマイモを定量分と、採集する余裕のなかったオカメイノシシの牙全てを生成し、ギルドへ持っていった。

「はい。これで全部ですね。依頼完了です」

「あの、すみません」

「何でしょうか」

笑顔で首を傾げる受付の女性に対し、ライルは山の中で見かけた冒険者四人が帰ってきていないかを確認する。

「すみません、何分《なにぶん》人が多いので分かりかねます。しかし、そのような方々がこちらに来た覚えはありませんね……容姿を聞く限り、私の知りうる冒険者とも一致しません。新人の方々でしょうか」

ゴブリン相手に苦戦していたとはいえ、百を超える数だったので一概に新人とも言えない。

受付嬢の話を聞くに、名の通ったベテランというわけでもなさそうだし、つい最近このあたりに来た中堅パーティといったところだろうか。

別にわざわざ探す必要も無いのだが、せめて安否くらいは確認したかったのだ。

「新人かどうかは分からないですが、もしそのような冒険者達が来ていたら俺に教えてもらえませんかね。取り次ぐ必要は無いですが、安否は確認しておきたいので」

「分かりました。それでしたらこちらの用紙に記入願います。何かあったらご連絡しますので」

「了解しました」

「代筆しましょうか？」

「あ、お願いします」

「了解しました」

受付嬢はさらさらと用紙に記入していく。

何かを書く時は視線が下にいくので、必然的に目が大きく見え、まつ毛も長く見える。ライルは受付嬢の清楚な美しさを堪能しながら彼女が記入を終えるのを待つ。

「はい、完了いたしました」

「ありがとうございます。あ、それと、気になったのですが、ゴブリンの大量発生とかって聞いてますか？　それともあれが普通なんでしょうか……」

「先程そのような話をしている冒険者の方がいましたが……報告はまだ聞いていませんね。しかし噂を聞いている限り、確かに今日はゴブリンが多いようですね。魔素が濃いのでしょうか」

「そうですか……。やっぱり多かったのか……」

「注意喚起が遅れてしまったようで申し訳ありません」

「いえいえ、おそらく突発的なものでしょうし、仕方ありませんよ。ありがとうございます」

◆　◆　◆

陽が落ち始め、周りが朱色になる頃に帰宅したライルは、へとへとに疲れていた。アドベンにやってきてテンションが上がり、休み無しで採集クエストに向かったのが仇《あだ》となった。

クルリの方は体力スキルがある故か余裕が見える。

ライルはいの一番にベッドへ飛び込み、クルリは床にペタンと座る。

「ベッドにおいでよ」とはとてもじゃないが言えないので、ライルはクルリに「椅子に座りなよ」と言う。

クルリはどうすべきか迷った様子だったが、おずおずと椅子に座った。

ライルはうつ伏せのまま、顔だけ横に傾ける。

「あー、ご飯作らなきゃだね……。いや、いっそのこと外で食べるか……」

帰りに食材を買えばまだ簡単な料理くらいなら作れたのだろうが、体力的にそんな余裕は無かった。どこで買っても良いのならまだしも、少しくらいは品質と値段を気にしたい。

採集したもので作っても良いのだが、肉類が圧倒的に足りない。

いや、ゴブリンの耳ならいくらでもあるのだが……やはり抵抗がある。

ここは外食に決まりだろう。

「ちょうどカチカチヤマイモとオカメイノシシの牙の納品の報酬もあるし、たまにはこういうのも良いだろ。あぁでも、外出てお店探すの面倒だなぁ。やめようかなぁ」

「あっ――」

「え？」

「あぅ……いえ、何でも……」

「えぇ、どうしたの、言ってみなよ」

「いえ、あの、その………」

クルリはもじもじとして視線を泳がせながら、意を決して言う。

「お外で……食べて、みたいです……っ」

「――かわいい……ぁ――あぁ、そうか！　そうかそうか！　よし、行こう！　外食へ行こう！

ライルお兄さんは何だか元気が出てきたぞ！　今すぐにでも外食したい気分だ！」

クルリの方が年上である。

しかし恥ずかしげに言うクルリから滲《にじ》み出る幼さは、年下のライルの父性を掻き立てた。

まるで娘にせがまれた父親のように、財布の紐《ひも》を緩《ゆる》める決心をした。

◆　◆　◆

カチカチヤマイモは泥臭く、とてもじゃないが食べられない。その上、水に溶けやすく燃えやすいため、調理もしにくい。

しかし、燃料として使うと独特な香りを放つため、料理に使われることがしばしばある。

今ライル達の前に出された料理は、カチカチヤマイモを燃料にして焼いたシバオイダヌキという
タヌキの肉を、さらに鍋の底に敷き詰めて煮込んだタヌキ肉のスープだ。

「うぅん、カチカチヤマイモで焼いた肉の独特な香りが鍋で煮込んだ後でもしっかりと残ってるぅ～。ささ、クルリ、食べよう！」

「は、はい……！」

目をキラキラと輝かせて深底の皿に入ったスープを見つめるクルリ。

アドベンの空気がそうさせているのか、どかどかと肉が入り、けちったところなんて見当たらぬ、暑苦しいほどに気前が良い料理。

今日の採集活動のおかげですり減った体力を見事に回復してくれそうな一品だ。

ライルは早速スプーンを手に取りシバオイダヌキのスープに差し入れた。

素晴らしい抵抗感。肉と野菜の重圧がスプーンを持つ手に襲いかかる。

カチカチヤマイモを掘った時のようにごっそりと具材をスプーンで持ち上げて、豪快に開いた口へ放り込む。途端に口腔内を脂とスープに殴られて、旨みと塩味を傷口に塗りたくられた。

「うますぎるよほぉ……」

あぁ、なんと素晴らしいほどの圧力。これぞアドベンに相応しい料理である。

ワキヤクキノコも一緒に煮ていれば美味しさで死んでいたのではないかと思いながら、二口三口と食を進める。

鼻から飛び出んばかりの肉汁と、先行して全身を駆け巡るカチカチヤマイモの風味、そして胃に落ちてなおその存在をアピールしてくるシバオイダヌキ。

「はふぅ……」

料理の活力に当てられたクルリもまた、顔を紅潮させて、昇天せんばかりの幸せそうな顔をしている。

「美味しい？」

「はひ……とても、美味しい、です……」

「はは、良かった」

正直に言えば、女の子と食べにくるような店ではない。いるのは男ばかりで、酒をかっくらい、ガハガハと拳が三つは入りそうなほど口を開けて笑っている。酒場に近い雰囲気だ。

幸いにしてクルリは満足しているようだし、問題はなさそうだが、もう少し雰囲気のある店を選べば良かったのかもしれない。

最後のひと掬いも食べ終え、後はクルリの完食を待つのみだ。一口食べる毎に頬を押さえ、顔から至福を溢れさせているのだから遅くもなろう。

「ぁあっ――急いで食べますっ――!」

ライルの視線に気付いたクルリは慌ててスープをかきこもうとするが、ライルはそれを制止する。

「良いよ良いよ、ゆっくり食べな。味わって食べな。時間はたっぷりあるんだし、何より食べてる時のクルリは何だか幸せそうだしね」

「は、はい……! ありがとうございます……」

少しばかり恥ずかしげに食事を再開したクルリ。ライルの視線に気付いてからはそれが気になるのか、食べながらちらちらとこちらを上目遣いで見てくる。

可愛い。

◆
◆
◆

その鐘が鳴ったのは、ライル達が夕食を終えて宿に着き、スキル整理をした後、やることもなくなったので寝ようとしていた時だった。

何事かと窓の外を窺うと、街の西の方、ライル達が今日採集クエストをやっていた方角で何やら騒ぎが起きているようで、そのあたりだけ妙に灯《あか》りがともっていた。

「どうしたんだろ……」

不安げにこちらの様子を窺っているクルリに一度視線を移し、安心させるように笑顔を向ける。と同時に外からやる気のない声が聞こえてきた。

「魔物が出たんでー、住民の方々は家から出ないでくださーい」

どうやら魔物が街にやってきたようだ。兵士のような格好の男が、気だるげに呼びかけを行っている。

ここは冒険者の街アドベンだ。魔物が出たところで冒険者がなんとかしてしまうのだろう。

「魔物だってさ。多分大量発生したゴブリンがこっちに溢れてきたんだろう。大丈夫だよ、ここはアドベンだし」

念のために騒ぎがやむまでは起きていたが、徐々に街が静けさを取り戻してきたので、今度こそ寝ることにした。

ベッドは狭く広々と寝られないので、二人は密着して寝ることになる。故にライルは早起きを強《し》いられるのだった。

ライルも男子である。

◆　◆　◆

翌日早朝、ライルは下半身に集中する血液を全身に行き渡らせるために軽く伸びなどの運動をしながら、クルリの起床を待っていた。

ついでに朝食をどうしようか考えていたが、そもそもパンを切らしていた。

今日はパン屋にでも寄ろうか。

アドベンのパンはかなり硬いというのが難点だ。というかこの国のパンは基本硬い。

イーストリという鳥の卵を使えば、ふっくら柔らかなパンを焼くことができるのだが、それは西方の国にしかいない。

「とりあえずパンで良いかな」

「――――おはようございます……」

「うおぅ、クルリか、ビックリした。おはよう。今日は早いね」

クルリは目を擦りながら重たそうな瞼を半分ほど開いてこちらを見ている。ライルはクルリに準備させ、今日は早めに出ることを伝えた。

「あ、そうだ。クルリ、朝ご飯何か食べたいものある？」

「食べたいもの……ですか？　私はご主人様が食べたいものならなんでも……」

「そう？　ならパンでも良い？」

「はい」

ならば話は早いと、早速鞄を抱えて宿を出る。

まだほとんどの店が開いていない。が、幸いにして目的のパン屋は開いている。

ライル達はそこでパンを買い、食べながら、徐々に目覚め始める静かなアドベンの街を歩くのだった。

「やっぱり硬いな」


ギルドは一日中開いている。夜にしか行えないクエストが存在するからだ。

例えば夜行性の魔物の討伐だったり、夜にしか現れない動物の素材回収だったり。

故にこうして早朝だろうとなんだろうと開いているわけで、いち早く採集クエストをしたいライルにとってはありがたい話なのだ。

早速ギルドの扉を開き中に入る。

やはり早朝故か人は少ない。昨日は聞こえなかった自分の足音が、今日はハッキリと聞こえる。

こうして見るとギルドの中はとても広く、軽い運動でも行えそうだ。

ライルがクエストボードを眺めていると、近くにいた冒険者二人組の会話が耳に入ってきた。

「昨日は大変だったよな」

「あぁ、ゴブリン？」

「そうそう。何であんな大量のゴブリンが街にやってきたんだろうな」

「聞いた話によると馬鹿な冒険者が引っ張ってきたらしいぜ。俺は割と後方にいたから分かんなかったけど、ゴブリンの駆除が終わった後にそういう話を聞いた」

「誰だよその馬鹿は」

「どうせルーキーだろ。仕方ないさ。何か昨日あたりからゴブリンが滅茶苦茶増えてるって話だし。ギルドも調査を始めるみたいだぜ」

「俺は獲物が増えて嬉しいけどな」

「増えてんのはゴブリンだぞ。ありがたくもねぇ」

「それもそうだな」

やっぱりゴブリンだったか。なんて思いながら、ライルはふたつほど採集クエストの用紙を取る。

今回受けるのは『クビダケとキモイダケ三本ずつの納品』と『モウサンジカの角四本の納品』だ。

「で？　その冒険者達はどうなったんだ？　お咎《とが》めなしか？」

男の片割れの質問はライルも聞いてみたかったことだ。

受付嬢の営業スマイルと、「ゴブリンが大量発生しているようなので注意してください」という注意喚起を適当に聞き流しながら、二人の会話に聞き耳を立てる。

聞かれた男はため息をつきながら、やれやれといった感じで言う。

「それがな、逃げたらしいんだよ」

◆　◆　◆

モウサンジカは夜行性の鹿で、真夜中から早朝にかけて活発に活動する。昼はほぼ確実に寝ていて、見つからないらしい。

基本的にはあまり動かないのだが、逃げ足だけは速い。滅茶苦茶速い。

そのため深夜には遭遇することも困難なのだが、早朝はかなり足が鈍るため、今回このクエストを受けた。

「モウサンジカの方はすぐ見つかるだろうなぁ」

モウサンジカの見た目の特徴として、目の下の黒い模様と、赤みの強い体毛が挙げられる。だから緑の多い森では目立つ。

そこまで目立ってしまえば肉食獣に狙われやすくなるだろう。しかしこの鹿を狙う動物はあまりいない。

「あぁ……早速」

「うっ……なんですかこのニオイ……」

「モウサンジカのニオイだよ」

そう、猛烈に臭いのだ。ライルが見つけやすいと言った理由が見た目とこの悪臭であり、肉食獣に狙われにくい理由もこの悪臭なのだ。

モウサンジカは巣穴を掘るのだが、そのニオイは地獄である。下手をすれば死亡者が出かねない。巣穴の入口が狭く、ニオイが漏れにくいのが唯一の救いだろうか。

「何でこんなクエストを選んだんですか……」

「いやな、モウサンジカのニオイってごく希《まれ》に愛好家がいるんだよ。で、モウサンジカの素材が欲しくなるわけでしょ？　でも誰も受けたがらないのさ。だから報酬が基本高いんだよ。今回も結構な金が手に入る」

「な、なるほど……。でも、このニオイはちょっと慣れないです……」

「まだこんなの序の口だからね。近寄るともっと酷《ひど》いから……」

ライルの言う通り、歩みを進めれば進めるほどにその臭気は強くなる。まるで気体に感触があるようなぬめっとしたその悪臭は、鼻を通って肺を汚そうとしてくる。

「うぅ……臭いです……」

「我慢すれば金が手に入るんだ……頑張ろう……」

鼻をつまもうが口元を押さえようが、激臭は貫通してくる。

これは想像以上に凄い。モウサンジカの話だけは聞いていたライルだったが、まさかここまで酷いとは予想していなかった。

「見ろよクルリ……オカメイノシシが気絶してやがる……」

「相当臭かったんでしょうね……」

白目を剥いて倒れているオカメイノシシ。特徴的な頬の赤い模様に涙を垂らしている。

可哀想だがこれも何かの運命だと、オカメイノシシの牙を折り、倉庫に仕舞う。

ニオイの強さ的に、おそらく近くにいるのだろう。

この時間帯なら聴覚もかなり鈍っているだろうから、近付くことも容易だ。軽くあたりを見回してみる。

「あ、いた」

「二頭いますね。ですが片方は雌かと」

「珍しいな。モウサンジカがペアでいるなんて」

「どうします……？」

「くぅ……これほど弓を望んだことがあっただろうか……。石投げて殺せたりする？」

「当たれば多分……当たるかどうかは……」

大量の石を投げれば一発くらいは当たるかもしれないが、森は案外石が少ない。馬鹿でかい岩であればそこらへんに落ちているのだが、小石はなかなか無いのだ。

「仕方ないから剣でやるか……」

「が、頑張ってみます……」

ちなみに何故オカメイノシシの牙のように、モウサンジカの角を折るだけに留めないのか。

それはモウサンジカが信じられないくらいに貧弱だからだ。

敵対する動物もいなければ、性欲も強いモウサンジカが大繁殖しない理由はそこにある。

軽い傷を負うだけでそこから感染して死んだり、雄同士が喧嘩中に気を失ってそのまま死んだり、木にぶつかって死んだり、転んで死んだり、寒すぎて死んだり。

角がぽっきりいっただけでもぽっくりいったりする。

クルリは剣を構え、慎重に慎重に近付く。いや、どちらかといえば近付きたくないだけのような気もする。

おそらく場所を決めたのだろう。クルリは剣を深く構えた。まだまだ及び腰だ。

ふっとクルリが息を吐いた瞬間、落ち葉が舞い、土が舞い、モウサンジカの首が舞っていた。

そして隣を歩いていた雌は、突然のことに驚きショック死した。

雌が死ぬ寸前に排便したため、とてつもない悪臭が一気に周囲に立ち込めた。

割と安全な場所から見守っていた卑怯《ひきょう》なライルの下にまでそのニオイはやってきて、危うく意識を失いかけた。

近くにいたクルリはこの臭気をもろに食らっているわけで、その場でよろめいている。

こちらが完全勝利したはずなのに、負ったダメージが大きすぎる。

急いでクルリの下まで駆け寄ろうとするライルだが、一向に足が進まない。

結局辿り着いた頃にはライルの脳みそが限界を超えており、最近緩んできた胃の噴門が、盛大に開いてしまった。

　大惨事である。

◆　◆　◆

　酷い目に遭ったとボヤきながら、ライルは地面を見て歩いている。できればもうモウサンジカには出くわしたくない。

　モウサンジカの角はもう二本必要なのだが、メンタルがもう持ちそうにない。クルリも虚《うつ》ろな目をしている。これはもう採集ポイントを消費するしか方法が無さそうだ。

　彼らの死骸は放置しておくと災害レベルの匂いを放ち始めるので、火魔法を駆使して森の中で何とか焼き払った。

　かなり集中力を使ったらしく、クルリは精神的に疲労した模様。少しばかり休憩してから採集を再開した。

　残りはクビダケとキモイダケ三本ずつだ。両者ともに見た目のインパクトが強いキノコで、あれば見つけるのは困難じゃない。あればの話だが。

「ねーなー」

「無いですね……」

「ふたつとも独特な見た目だから見つけやすいんだけどなぁ」

クビダケは傘が極小で、ほぼ柄の部分しか無いようなキノコである。柄は白いので、ただの白い棒にしか見えないのだ。あればすぐに分かってしまう。

毒は無いが、苦味がとても強いため食べられる代物《しろもの》ではない。希に嫌がらせとしてクビダケを食べさせたりする。食べさせられた者は口を揃えて「クビダケは勘弁」と言うらしい。

キモイダケの見た目はより一層強烈で、傘が腐った人間の顔のように見え、傘に空いた複数の穴から何やら緑色の粘液を出す。さらには柄の部分から何本か腕のようなものが生えている。一説によると生える数は全て奇数らしい。

ただキモイダケはその見た目に反し、毒も味もにおいも無い。緑色の粘液は粘つくだけで、食べても痺れもしなければ、死にもしない。

強いて言うなら感触が気持ち悪いだけ。そう、本当に、キモいだけなのだ。

「何で依頼主はこんなものを頼んだんだ？」

それを言うなら何故ライルはこんな依頼を受けたのだ。確かにキノコ三本ずつにしては高めの依頼料かもしれないが、早起きしてまでやる依頼ではない。

そして頼んだ理由は十中八九嫌がらせのためだろう。

「無い……無い……」

前のめりになりながら、ライルは必死にクビダケとキモイダケを探して森の奥へと進む。そう言えばゴブリンにまだ遭遇していないなと思いつつ。

◆　◆　◆

「あったっ……！」

小ぶりなヤクの木、コヤクの根元に生えていた白い棒のようなキノコを見つけた時、ライルは小さく声を出し、嬉しさと焦りを混ぜた表情で四つん這いになりながらコヤクのある場所まで登る。

そこは急な坂になっていて、頑張らないと登れない。崖でも登るように、斜面を這《は》いずりながら登るライルは、さながら虫である。

ようやく見つけた一本だ。キノコは別に逃げるわけでもないのに、今取らなければ無くなってしまうような謎の不安に駆られて必死に登る。

「見ろよクルリ！　クビダケが五本も生えてる！」

「ようやく見つかりましたね！」

結構長い間探していたので、クルリも手放しで喜ぶ。

未だにキモイダケは見つかっていないが、クビダケを見つけたのは大きな手柄だ。キモイダケはクビダケの近くに生える傾向がある。

「もう少し探せばキモイダケも見つかるはずだ」

「そうで――――っ」

「……うん？　どうした？」

クルリは突然言葉を止めた。眉をひそめ、周囲を警戒している。

「感知スキル？」

「はい。昨日頂いた感知スキルに何かが引っかかったようです。動物ではない何かが……」

動物ではない何か。それは十中八九魔物だろう。

森は動物で溢れ返っており、動物を探そうとしても常に感知スキルが働くため意味は無いのだが、通常あまり現れることのない魔物に対してはかなり有効だ。

『識別』という「識別する力」を向上させるスキルがあれば、感知スキルの些細な反応の違いを識別し、どんな動物なのか、どんな魔物なのか、見分けられるのだが、生憎《あいにく》例の三人組の命には登録されていなかった。

「ゴブリンかな……。距離とか分かる？」

「およそなら。あまり近くではないのですが、反応はひとつしか無いですね。ゴブリンは群れを成して行動しますし、違うのかもしれません……」

「このあたりでゴブリンじゃない魔物って何だ？　魔物には詳しくないから分からないな……受付のお姉さんに聞けばよかったかも。今日はゴブリン出ないから安心していたけど、近付いてくるようだったら考えなきゃね」

「えぇ、幸い、近付いてくる様子は――えっ」

「えっ？」

「いや――その……」

クルリは心底驚いたような顔をして、感知スキルに確認をとるように、何度も何度も何かを念じている。

ライルが、どうしたのかと視線を送ると、目を丸くしながら言葉をこぼした。

「反応が……増えました……」

「新たに感知スキルの射程範囲に入ったとかじゃなくて？」

「いえ、急に、ぽんと、出現しました……」

「まじか。てことは魔物が発生したってことかな……」

「ひぇ――」

「ど、どうした」

「ま、また、また増え……どんどん……。大変です、ご主人様。数が、数がものすごいことになってます……！」

昨日の話からすると、まず間違いなくゴブリンなのだろうが……「最初の一体」は何だ。

クルリの話から察するに、その一体だけは感知スキルの範囲内に移動して入ってきたことになる。

となると、ゴブリンが大量に出現した時刻と、最初の一体が出現した時刻にはそれなりのタイムラグがあるということだ。

まるで、その一体がゴブリンを生み出したかのような状況に、眉をひそめざるを得ない。

「くそ、もっと魔物について勉強していれば良かったな……。まぁ、そいつらが近くにいないってことだけが唯一の救いか」

もしも本当にその一体がゴブリンを大量に生み出しているのであれば、厄介にもほどがある。

「とりあえずこの場を離れ――――」

「なっ――――」

突然の咆哮。心臓を握り潰す程の圧力を持った音の波がライル達を襲った。

間違いない。アドベンに着く直前、山の中で聞いたあの謎の咆哮だ。

とてつもない覇気を乗せた、殺意の塊。

しかも近い。

感知スキルによればそれなりに遠くにいるはずだ。にもかかわらず、前回聞いた時よりも圧倒的に近い距離での咆哮だった。

感知スキルの異常なんかではない。感知スキルは正常だ。

「ダメだクルリ。逃げよう。これは、ダメだ」

「は、はい。分かり、ました」

キモイダケの採集が終わっていないことなんて些細な問題だ。これは命に関わる問題かもしれない。今選択を間違えれば絶対に後悔することになる。

たった一度の咆哮で、命の危機を思わせるような相手とまともに対峙すれば、まず間違いなく勝てない。

「なんで――こんなとんでもない奴が――この大陸にいるんだよ――！　クルリ、俺を抱えてくれ！」

潔《いさぎよ》すぎるその願いも、今は仕方ない。情けないだとか主人の風格だとか、そんな陳腐なものに拘《こだわ》っている暇など微塵《みじん》もないのだ。

クルリは言われると同時にライルを抱え、全力で走り出した。

森の入口と反対方向に突き進んでいるだなんて気にもとめず、とにかくあの声の主から遠ざかるために真っ直ぐに突き進んだ。

走り、走り、辿り着いたのは見知らぬ洞窟《どうくつ》。

二人はとりあえずそこで休憩する。

極度の緊張状態に追い込まれたせいか、珍しくライルは吐いていない。ただ今は、高鳴る鼓動を抑えるのに精一杯のようだ。

「感知スキルに反応はありません……ですが、無我夢中で進んでしまったために道が分からなくなりました……」

「良いよ……、死ぬよりは、圧倒的にマシだ……」

ライルは運動なんてしていないが、それでも呼吸が荒くなっている。

結局のところあの咆哮の主の正体は分かっていない。もしかしたら本当は大したことのない――いや、それはないだろう。

とにかく今は休憩を取ることが大事だ。乱れた精神を落ち着かせるのが最優先だ。

戻るにしても、道が分からない上に奴とまた出くわすかもしれない。だから――今は――休もう。

「ご主人様……」

突然の血の臭いに緩めていた警戒心を強める。

明らかにこの洞窟の奥から漂ってきている。

「クルリ、感知スキルは」

「反応……ありません……」

「本当に？」

「はい。かなりの範囲まで感知できますが……せいぜい小動物や虫がいるくらいで他には……」

「じゃあ、死体があるのか……？」

腐臭がしないあたり、結構新しい死体なのか、もしくは血液だけが残って死体は無いか。

洞窟に死体を持って帰って食う動物ならラーティアミズグマが該当するが、奴がいる深い場所までやって来てしまっているのだろうか。

嫌な記憶が脳裏を過《よ》ぎる。

とりあえずこの場からは離れるべきか。

ラーティアミズグマの巣だと仮定して、もしもここに死体が存在しないのならば奴は新たなる餌を探して外を出歩いているはず。戻ってくるのも時間の問題だ。

そうでなくとも、血のにおいがする洞窟に居座るべきではない。

「――新手か。お主ら今度は逃げられると思うなよ」

「えっ？」

思考を巡らせていると、突如洞窟の奥から少女の声が響き渡ってきた。すぐさま声がした方を向き、ライルは目を丸くして驚く。

そこにいたのは紛れもない少女。齢七つ程度の幼子。

触れれば吸い込まれてしまいそうな黒髪を腰まで伸ばし、クルリと同じ赤い瞳を持ったその少女は、その黒髪とは対照的な真っ白な柔肌を隠そうともせず、全裸でそこに立っている。

ライルが驚くのも無理はない。

最高練度のクルリの感知スキルが「小動物くらいしかいない」という結果を出したのに、そこに少女がいたからだ。しかも全裸と来たもんだ。

「君は――」

「問答無用じゃ。妾《わらわ》は誰の物にもならん。死ぬが良い」

状況が理解できないうちに何やら物騒《ぶっそう》なことを呟き、腕を前に突き出し、地面に向けて手をかざす少女、いや幼女か？

「まぁあの四人が来てないということは、あやつが殺してくれたんじゃろうな……。じゃが、少々手間取りすぎじゃ。故、今度はあんな位の低い下僕は出してやらんぞ。覚悟せい」

幼女の手のひらからは黒々とした粘性の強い、肉混じりの血液のようなものが垂れ、地面にぼたぼたと垂れる。

地面に出来た黒溜まりは徐々に範囲を広げ、幼女の前方に巨大な黒い湖を形成した。

「こやつをそう簡単に殺せると思うなよ。妾の下僕の中じゃなかなか強力な奴故、前回のように逃げることすら許さんからのう」

幼女の発した言葉を合図に、黒溜まりはぼこぼこと泡立ち、徐々に徐々に隆起し始めた。

何か因縁を付けられているようだ。どうにか誤解を解かなければ、殺されるかもしれない。

「ちょ、ちょっとまってくれ！　俺達には何のことだかさっぱり……！」

「ええい！　しらばっくれるでないぞ小童《こわっぱ》！　お主も妾を利用するために来たのだろう！　妾はお主らのような欲深い人間に使われたりはせぬぞ！」

ご主人様下がって！　クルリがそう叫んだと同時に、黒溜まりから一本の腕が飛び出してきた。

明らかに人のサイズを凌駕《りょうが》している巨大な人型の腕は、立ち尽くすライル目掛けて振り下ろされる。

間一髪、クルリがライルを引っ張り後退しなければ、ライルはそこで死んでいただろう。

「ご主人様！　魔物です――魔物が出現しました！」

「ありがとうクルリ、死ぬかと思った……。魔物を生み出すなんて、あの子は一体何者？」

「それが……感知スキルに反応が無いんです……。昆虫ですら捉える感知スキルに、一切反応が無いんです……。あそこには、何もいません」

しかし事実として目の前には幼女がおり、殺意を込めてこちらを睨《にら》んでいる。

彼女が感知スキルにかからないということは、それを上回る何かを持っているか、もしくは――。

「生き物ではない……」

魔物ですらない謎の幼女。しかしその幼女が生み出したのは紛れもない魔物だった。

地面から伸びた巨大な腕は、そのまま続く体を引き上げるために地に手のひらをつけ、地に穴があくほど力を入れる。

「くる――」

沼から這い上がるようにして、黒溜まりの中から現れたのは巨大な人間の女の顔。長い黒髪は乱れ、触手のようにでろでろとあたりにへばりついている。

眼球があるべき場所からは二本の腕が生え、首に該当する場所からは蛇のような胴が生えている。胴は長く、未だ黒溜まりから完全には出てきていない。

巨大な顔面の頭頂部は縦に裂け、中からもうひとつの顔が覗いている。その顔はしっかりとライル達を見据え、にったりとした不気味な笑みを浮かべている。

なんとも醜悪な見た目の魔物だ。

「ど、どうしましょう、ご主人様……」

「逃げるしか……」

「多分、逃げきれないかと……」

「クルリの瞬速スキルを使ってもか……？」

「おそらく……。彼女は少なくとも私達が逃げられるような魔物を召喚してはいないと思います。彼女の口ぶりからしておそらく例の咆哮の主は、彼女が『前回』召喚した何かでしょう、あれよりも数段格が上となると……」

「アレよりもか……。そりゃあ、なんとも、無理くさいな。じゃあ……たたか……うのは無理だよな。あれは……ちょっと……」

「が、頑張ります！　こうなったら魔法で……！」

手を震えさせながら弱腰で構えるクルリ。

「無理しなくても良いいん――ぎゃっふぅ！」

当然と言えば当然のことなのだが、ライルとクルリの会話を魔物が親切に待ってくれるわけもなく、間髪容《い》れずに手で押しつぶそうとしてくる。

その度にクルリがライルの服を掴み、強引に回避させる。

「すみません、ご主人様」

「い、いや良いんだ、死なないだけマシなんだかラァイ！」

またもや飛んでくる強力な平手打ち。ライルを逸れて地面に直撃しまくっているおかげで、地面は手の型で陥没している。

「何を遊んでおる！　さっさと殺さんか馬鹿者！」

全裸幼女は苛立ち気味に魔物に命令する。

そんな幼女に対し、ライルは何とか交渉を試みる。

「ほんとっ——待ってっ——！　俺達は別に君に危害を加えるつもりはっ——無い！　大体どうして君みたいな女の子がこんなところにっ——！」

「女の子ぉ？　妾はま——いや、待て、お主……妾が何か分かっておらんのか？」

幼女は女の子という言い回しに眉をひそめた。

どこからどう見ても女の子なのだが、もしや男の子だったのだろうか。男の娘《こ》だったのだろうか。

「だからさっき、君は何者って聞こうとしたんじゃないか！　君は何だ、人間か!?　どうやって感知スキルから逃れているのか知らないけれど、少なくとも見た目通りの存在じゃないことくらいは、その魔物を見れば分かる」

「じゃ、じゃが……何故……何故こんな場所に！　やはりお主ら、妾を狙って！　妾を騙《だま》そうと芝《しば》居《い》を打っとるんじゃな!?」

「し、芝居なんてするかぁ！　アホ！　大きな声の化け物……多分君が召喚した何かから逃げてきたんだよ！　全く、朝から酷い目にばっかり……」

「う、嘘じゃあ！　妾は信じんぞ！」

「じゃあこれだ！　これを見ろ！」

ライルが懐から取り出したのは、ギルドで受けた依頼の確認用紙だった。

そこにはしっかりモウサンジカの角、それにキモイダケとクビダケの納品依頼について書かれている。ついでにモウサンジカの角とクビダケも並べる。

「君が野に放った化け物のせいで、キモイダケを採集できるチャンスを失ったんだからな！　クビダケを見つけたから喜んでいたのに！　全く、責任取れよな！」

「そ、そんな……嘘じゃあ……」

もはや半ば言い掛かり的な話だが、その通りと言えばその通りなので幼女は困惑する。

黒髪幼女は若干涙目になりつつ何とか否定しようとしていた。

「だ、大体君の出した化け物……まだ実物は見てないけれど、それのせいで森がゴブリンまみれになって大迷惑してるんだからな！　ゴブリンのせいでほとんど採集できず、仕方なく俺が生成したカチカチヤマイモ分の採集ポイント返せ！」

「じゃ、じゃがあれは四人組の――」

「言い訳無用！」

「う、うぐ……」

ライルは無実を証明するはずが、段々と話が逸れて何だかクレーマーのようになってきている。

さっきまで楽しそうにライルに平手を食らわせていた魔物も、何だか申し訳なさそうに隅に蹲っている。

「挙句にこの仕打ち……一体……どう責任を取るつもりなんだ！　えぇ!?」

「ひっ……ご、ごめんな……さぃ……」

「声が小さい!!」

「ご、ごめんなさい……！」

「謝って済むと思ってんのか!?」

洞窟内に響き渡るライルの怒鳴り声と、幼女の悲しげな声。

後半、ライルはまるで、かつての冒険者グスタのような言い掛かりっぷりを披露していた。

「もっと遡《さかのぼ》れば君が野に放ったゴブリンのせいでヘイヌの街でも迷惑被ったんだからな！　その時の責任も取れよな！」

もう滅茶苦茶である。

その後冷静になったライルは、幼女が全裸であることにどう突っ込んでいいのか分からず、話題を逸らすようにして質問した。

「で、君は一体何者なんだ……？　魔物……ではないよね……」

「ぐす……。妾を魔物と一緒にするでない……。うぐ……。むしろ、魔物は妾の屠るべき相手じゃ……うぅ……」

屠るべき相手と聞いて首を傾げるライル。それもそのはず。何せその屠るべき相手とやらを今しがたその手で召喚したのだから。

「でも、それ……」

「ぐすん。これは妾の下僕でな、確かに魔物じゃが、これは妾の能力のひとつなのじゃ……。何せ、妾は『魔剣』じゃからな……。魔物を生み出すことくらいいとも容易いわい……」

魔剣。彼女は今確かにそう言った。魔剣と言うにはあまりにも人間らしすぎる涙を見せながら、そう言った。

「魔剣？　君が？　そんな、まさかぁ。はは、からかわないでくれよ。……いや、でも、そうか、それなら確かに感知スキルに感知されないのも説明はつくな。流石に剣は感知できないよな……」

「妾が魔剣じゃと信じきれんのじゃったら、今ここで本来の姿に戻ってやるわい……。ほれ」

ほれ。なんて軽い掛け声とともに、彼女の体は赤い光に包まれて、みるみる変容し、黒々と禍々《まがまが》しさを放つ一振りの剣へと姿を変えた。

「すごひ……」

『どうじゃ小童、見直したかの。妾に触れるでないぞ、呪いがかかるからの』

「うわ喋った。……って、呪い？」

少女の髪と同じ、闇色の剣身から聞こえる幼い声。それが語った『呪い』という言葉にライルは眉をひそめた。

『妾が魔剣と呼ばれる所以《ゆえん》じゃ。下僕を召喚でき、一切を両断できる代償に、妾に触れれば身が裂け、精神が崩壊してゆくのじゃ。凄まじいぞ、妾を初めて握った奴なんぞ五つ数える間には死んでおったからの。名誉も何も無い立ち往生じゃったよ』

「とんでもないな……」

『何を思ったか、妾を作った奴は、妾を作る時に処女の生き血と心臓を十数人分混ぜ込んだ上に、自分の娘を生贄《いけにえ》に捧《ささ》げおったからの。そりゃあ恨みも呪いもてんこ盛りよ』

狂気に染まった話であるというのに、妙に饒舌《じょうぜつ》なのはこの幼女の本来の気質なのだろうか。剣に気質もクソもないだろうが。

『故に一人の例外を除き、妾を扱える者などおらんのじゃ。おらんが……馬鹿なものよ。人間の間では能力の話ばかりが独り歩きしてのう、妾を狙う奴らが後を絶たんのじゃ。じゃから妾は仕方なくこんな場所に引きこもっとるというのに、まだ妾を狙う輩《やから》がおる。そんなに死にたいのなら妾が殺してやるというのに』

「その、君を狙ってた四人組ってさ」

ライルは心当たりのある四人組、昨日助けた四人組について話してみる。

するとと幼女は魔剣から姿を戻し、食いつくようにして這い寄ってきた。

「そ、そやつらじゃ！　何じゃお主知り合いだったんか!?　――やはりお主、妾を狙って……！」

魔剣の幼女は表情をコロコロと変え、這い寄ってきたり後退ったり忙しない。

「違うってば！　そいつらがゴブリンに囲まれてたから、冒険者かなーと思って助けてあげたんだよ……」

「いらんことをしよってからに……」

「そんな、分かるわけないだろ!?　知らない人がゴブリンに囲まれてたら誰でも助けるって！　そいつらが幼女の姿をした魔剣を狙っていて返り討ちにあった奴らだなんて思いもしないだろ！　普通！」

「それもそうじゃな……。というか、その口振りからして奴らはまだ生きておるのか。くう、惜しいことをしたわい」

「ま、まさか奴らを殺しに行くとか言わないよな」

「言うわけなかろうて。妾はそこまで執念深くないわ。妾を捕まえられんと分かったんならそれでよかろう。まぁ、また来たんじゃったら今度こそぶち殺してやるんじゃがな」

なんて物騒な幼女なのだろう。全裸だが。

「というか君の名前は？　剣にも名前とか無いの？」

「妾の名であるか。妾がこの姿になれるようになったのは、妾が完成してからしばらくしたあと故、妾自身の名を聞いた覚えは無いのう」

「あ、そっか、元からその姿ではないんだね」

「当たり前じゃろう。妾は剣ぞ」

「へぇ、魔剣だなんて言うから最初から何でもできるもんだとばかり」

「最近は涙まで出てきおるわい」

「なんかごめん」

今更ながらに幼女を泣かせたことを後悔し始めるライル。元が魔剣だとはいえ、やはり大人げなかったのは事実だ。

「して、お主らはこれからどうするつもりなのじゃ？」

「とりあえずそこにいる魔物と、森をうろちょろしてる魔物をどうにかしてくれない？　ついでに副産物であるゴブリンも」

「あぁすまんかったのう。迷惑かけたようじゃ。戻れ」

幼女はその小さな指をぱちんと鳴らした。

すると洞窟の隅でライル達の会話を聞いていた蛇型の魔物は、黒い液状となって元の黒溜まりに戻り、やがて幼女の体へと吸い込まれていった。

「すごいな」

「カッカカッ、すごかろうすごかろう。妾の自慢じゃわい」

幼女は無い胸を張り、快活に笑う。全裸で。

今更だが、どうして服を着ていないのか質問したくなってくる。

しかし、それを遮るようにクルリが呼んだ。

「ご主人様――何かが、来ます」

「え？　魔物はもう戻したんじゃ？」

ライルは幼女に視線で問う。幼女はもちろん戻したと目で答える。ならば迫ってきているのは何者だろうか。

「魔物じゃありません。おそらく、これは、人です」

「人？」

「速い――来ます！」

クルリの感知スキルが反応してから僅か数秒。

「よう。探したぜぇ。嬢ちゃん」

洞窟の入口で光を背に立っていたのは、短い黒髪を立て、狼のように鋭い瞳でこちらを睨んでいる長身の男だった。顔にいくつもの傷があり、特筆すべきは顔を斜めに切るようにして付いている大きな傷だろうか。

「お主……こんなところまで追ってきおったか……」

「いやぁ、苦労したぜ？　国を三つも跨《また》がにゃならんかったからな。何度嬢ちゃんをぶっ殺してやりてぇと思ったか分からねぇくらいだぜ。嬢ちゃんの『呪い』に俺の恨みも追加しといてくれや」

逆光で見えにくいが、男は明らかに笑みを浮かべているのが分かる。それくらい強烈な笑みと、隠そうともしない殺意に圧倒されてしまう。

「この人は……」

「こやつは妾の呪いを知っていてなお、妾を手に入れようとしている者での。これがしぶといのじゃ。どこまでも追ってきよる」

幼女は忌々《いまいま》しげに呟く。対して男は出会えたことに心底歓喜しているのか、笑みを崩さない。

「そりゃあ俺は嬢ちゃんに恋しちまってるからよ」

「ふん、妾のような幼き女子に恋をするなど、とんだ変態野郎じゃな」

「何言ってんだ。見た目がガキなだけで、中身は相当なもんだろうが」

「言うようになったのう小僧。この死に損ないが。妾に殺されかけてなお追ってくるか。今度はどんな手段を使ったんかのう」

「ハッ、俺を殺す気なんて無いんだろ？　知ってるぜ、嬢ちゃんが優しいことくらい。どんな手段だって？　たまたま嬢ちゃんを見つけたっつう奴らがいてな。教えてもらったんだよ。手段もクソもねぇ」

「はっ。教えてもらった、ねぇ。聞き出したの間違いじゃろう？　今度は何人殺したんじゃ？　えぇ？」

「さぁな。少なくとも、四人は殺したが……。まぁ、嬢ちゃんが無駄に逃げなきゃあいつらも死ぬことはなかったんだろうがな」

「お主のような奴に使われてたまるかい……。妾は人殺しになんぞ使われとうない」

「俺を殺しかけといてよく言うぜ。大体、俺は悪党しか殺さねぇ。嬢ちゃんみたいな『魔剣』を狙う奴がどんな奴かくらい分かってんだろうが」

「その言い方じゃとまるで、お主も悪党だと言っているようなもんじゃが？」

「その通りだよ。俺は悪党だ。悪逆非道のクズだ。だから嬢ちゃんを攫《さら》いに来た。俺に攫われる気は無いかってな」

「一丁前に格好つけおって、ただの誘拐犯じゃろうが」

「はっ、御託は良いんだよ。さっさと俺に奪われな。どうせ嬢ちゃんを使えるのは俺くらいしかいねぇんだからよ」

「カッ。忌々しい……」

「照れ隠しか？　素直に喜べば良いじゃねぇか。嬢ちゃんを使ってくれる人間がここに――」

轟音。突如剣と剣の打ち合う音が洞窟内に反響し、ライルの鼓膜を突き刺した。

「へぇ」

それは一瞬で男に斬りかかっていたクルリの剣と、いつの間にか腰から抜いていた男の剣がぶつかった音だった。

何が起きたのか理解できていないライルは「え？　え？」と言っている。

「今、どさくさに紛れてご主人様を殺そうとしましたね……」

「殺そうとはしていない。ただ、ちょいと邪魔だったんでな。眠ってもらおうかと。言ったろ？　俺は悪党しか殺さない。いやしかし嬢ちゃん、なかなか良い『眼』と『剣術』を持ってるじゃねぇか。そんな気配は微塵も感じられなかったんだがな。ただの奴隷じゃねぇようだな」

ただの奴隷なんかじゃない。最高練度の『剛腕』『瞬速』『剣術』スキルを持った超人的奴隷だ。

だが、そのクルリの剣閃を、軽く引き抜いた剣で受け止めたこの男は一体何者なのか。

「強い奴は好きだぜ。だがまだまだ未熟だな。未熟すぎる」

男は剣をぐるりと捻《ひね》り、クルリの持つ剣を巻き込みながら、同時に蹴りを放つ。

男の蹴りはタイミングよくクルリの側頭部に直撃。だがクルリは吹き飛ばず、その場で横に回転する。

男はクルリが飛んでいかないように、剣を巻き込む時に、空いた方の手でクルリの持ち手を握り、逃げられなくしていたのだ。

回転し、ちょうどクルリの頭が地面に向いた時、男は握っていたクルリの手から、クルリの剣の柄へと握り変え、無防備になったクルリの腹部に蹴りをぶち込んだ。

今度こそクルリは剣から手を放して吹き飛ばされ、洞窟の壁へと直撃する。

その間僅《わず》か数秒。ライルに瞬きをする暇も与えずに起きた一瞬の攻防で、男はクルリの剣を奪い、同時にクルリに二発の蹴りを食らわせていた。

ただけのようだ。

「あぁ未熟だ」

「――クルリ!!」

ライルがクルリの下へ駆け寄った。幸い『体力』スキルによって怪我は治癒しており、気を失っただけのようだ。

「貴様！」

ライルは激昂《げきこう》し男を睨みつける。

だが男はライルの威嚇《いかく》をものともせず、鼻で笑い言い放つ。

「やめときな。反応できた嬢ちゃんならまだしも、気付きすらしなかったてめぇじゃ俺には一生敵わねぇ」

そう言うと、奪った剣をわざわざライルの方へ放り投げる。

剣は空中で回転し、ちょうど良く柄がライルの方を向いたところで地に落ちた。ぴたりと面で落ちた剣は跳ねることなく地面を滑り、見事ライルのところで停止する。

「見たところ古いが良い剣だ。返してやる。投げたことは勘弁しろ。今回は見逃してやるが、俺にそれで斬りかかってくるようだったら、即座に叩き折ってやるからな」

それっきりライルに興味を失った男は、魔剣の幼女の方へと向き、さて本題だと言わんばかりに饒舌になった。

「さて嬢ちゃん。話の続きといこうか」

「お主と話すことなんぞ無い」

「おいおいそりゃ黙って俺のものになるってことか？　そんなら大歓迎だ。ほら、俺の胸に飛び込んできな」

「ハッ、ほざけ。今度こそ返り討ちにしてくれるわ」

「何だ、またあの超キモい魔物共出してくるわけ？　勘弁してくれよ。出すんならもっと可愛げのあるもん出せよな」

「戯《たわ》け」

幼女は軽く踏み込み、その場から姿を消した。

気付けば幼女は空中で己の腕を振り抜いており、男は姿を消していた。何が起きたのかは分からない。ライルは遅れてやってきた空気の微動しか感じられなかったのだから。

よく見ると幼女の腕はあの黒々とした剣へと姿を変えている。

剣の先からはぽたりぽたりと数滴の血が落ち、洞窟を湿らす僅かな水溜まりと混じり合っていた。

「下がっておれ小童共。あの小僧は妾が何とかしてやろう。自分で戦うのは久しぶりじゃからの。どうなることやら」

そう言葉を残して幼女はまたもやライル達の目の前から姿を消した。

クルリ以上の速度で動いていることは明白なのに、クルリのように爆音を立てていない。まるでゆっくりと一歩踏み出したかのような静けさだけが残った。

ライルはクルリを寝かせ、洞窟の入口まで這って出る。

外の眩《まぶ》しさに目を細めながら、状況を確認する。見ればシュヤクの木がその幹の一部を失い倒れている。来た時にはそうはなっていなかった。

倒れた木の幹の上で、男は煩《わずら》わしそうに体についた葉を払い、幼女は片方の腕を剣に変えて男と対峙している。

森の中、剣を持ち対峙する、傷だらけの男と裸の幼女、である。

「いきなり斬り掛かるなんてひでぇ奴だな」

「洞窟の中でお主と戦うなんぞ真っ平御免じゃからの。移動に手を貸してやったんじゃ。感謝せい」

「はっ。よく言うぜ。危うく小指が取れるところだったんだからな」

男は皮一枚で繋がっている小指をプラプラと揺らして見せつける。

だが、男が千切れかけの小指を掴み、断面と断面を無理やり擦り付けると、まるで鉄でも溶接したかのように接着した。

「お主の回復力はどうかしておるわい」

「何言ってんだ。嬢ちゃんに付けられた傷はこの通りほとんど残ってんだ。光栄に思えよな」

男は楽しげに自身の顔にへばりつく傷痕を指差す。

「傷を付けられて笑うでない変態め」

「全裸の嬢ちゃんもなかなかだぜ」

「剣が服を着るか」

幼女は剣じゃない方の手を振り、二滴の黒い雫《しずく》を飛ばした。

雫は木と地面に直撃し、周りを巻き込むようにしてふたつの黒溜まりを形成。そこから二体の魔物が現れ、奇妙な鳴き声を上げた。

魔物が出現する頃には既に幼女は男に斬りかかっており、剣と剣のぶつかる激しい音が森の中に響き渡った。遠くで鳥の大群が空へと飛び立ち、小動物が軒並《のきな》み周囲からいなくなる。

「三対一とは卑怯じゃあねぇかな」

「何を今更。何なら全部出してやっても構わんのだぞ」

「はっ。二匹だけでも相当つらいんだろ。これ以上出しゃ、嬢ちゃん自身が俺と戦えなくなるんじゃねぇかな？」

幼女は男の言葉に片眉を曲げて、小さく舌打ちをした。

「図星だってか？　そりゃあ嬢ちゃんと何度も戦ってりゃそのくらい分かるってもんよ。今出した奴も大した奴じゃあねぇんだろ？」

「言っておれ」

幼女は剣を弾き、軽く後退する。そのタイミングに合わせて二匹の魔物が男に襲いかかる。

片や顔が半分体に陥没した剣士、片や喜怒哀楽それぞれの表情をした四つの人間の顔を持つ犬。

両者ともに小柄で、先程見た化け物に比べると見劣りする。

「相も変わらずキメェ！」

男は剣士の方の顔面を上から拳で殴りつけさらに陥没させ、犬の方の首を四つ一気に切り飛ばした。

剣士は視界を奪われ剣で空を斬り、犬は黒い泥となって消え失《う》せた。

一瞬でやられてしまった下僕達だが、そのお陰でできた隙を幼女は見逃さない。

既に男の懐にまで入っており、その剣を男の顔寸前まで迫らせていた。

斬った。そう確信して良い状況。しかし男はそうさせない。間一髪で首を傾けた男は、その流れに乗って顔をぐっと幼女に寄せた。

幼女は腕をそのまま剣に変形させている分、リーチがとても短い。故に顔がとてつもなく近くなる。

「やっぱクソ可愛いぜ、嬢ちゃん」

何の告白だか分からないが、こんな状況で言うことではない。

しかも男はそのままの勢いで幼女にキスをしたのだ。

これには流石の幼女も驚きを隠せない。

「んぐぅ!?」

とんだ変態野郎、と言うのは早い。

男はキスした状態から幼女の下唇を噛み、首の力だけで幼女を地面に叩きつけた。背中に伝わる衝撃は、塞がれた口から逃がすことができず、こもった呻きとなる。

幼女が地面に衝突する頃には男の両腕も化け物から幼女へと狙いを変えており、幼女の腕を捕らえていた。幼女の腕を押さえ、幼女の上に跨《また》がる。

全裸の幼女の上に跨る男という絵面《えづら》は、最悪を通り越して地獄である。

「キスのお味はどうよ、嬢ちゃん」

「なななんてことをしてくれおる！」

「へぇ、剣にも恥じらいなんてものがあるんだな」

「くっ！　放さんか！」

幼女は腕を剣に変え、腕を掴む男の手を切り裂こうとする。

だが男は腕の位置を変えたり向きを変えたりして難なく躱《かわ》してしまう。

「無駄な抵抗はよしな。……にしても相変わらず血なまぐさい体だな。何をどうやったら体からこんだけ血のニオイがすんだよ」

「わ、妾の気にしておることを言うでない！」

「体臭気にしてる剣とか世界初だろうな。俺は好きだぜ、このニオイ」

「ひゃ、やめろ〜……！」

男は幼女の首元や胸元に鼻を当て、執拗に嗅いでいる。

たとえ魔剣であろうとも、中身の年齢が食い違っていようとも、見た目は七つの幼女でしかないので、下手をすれば国に捕まりかねない。

「で、俺の物になる決心はついたか？」

「いっそ殺せ……」

「剣が何言ってんだか」

「嫌じゃ嫌じゃ！　妾はお主のような変態の物にはなりとうない！」

「強情だな」

「ひゃ、ひゃあ～！」

一体何を見せられているのだろうか。

一時は剣を持ち加勢する気でいたのだが、何故か嬉しそうに嫌がる幼女と、楽しそうに襲っている男を見ていると、その気も失せてしまった。

あの殺し合いは紛れもなく本物だったはずなのだが、今はすっかりその様相が変わってしまっている。殺し合いのこの字もない。

もう少し見た目の年齢が違っていれば、ただの恋人のじゃれ合いに見えるだろう。

「あの……」

「あぁん？」

「帰っていいですかね」

「おう帰れ」

あっさりと承諾してくれた。

組み伏せられた幼女は必死に「待つのじゃ小童！　妾とコイツを二人きりにするでない！」などと叫んでいるが、知ったことではない。

ライルは洞窟に戻ってクルリを抱え、もう一度外へ出た。

戻ると幼女は顔を真っ赤にして目尻に涙を浮かべている。一体洞窟へ行って戻ってくる間に何があったというのだ。

「ほら、邪魔だ邪魔だ。ガキは早く帰んな」

「ま、待つのじゃ待つのじゃぁ～……」

しっしっと手を振る男と、弱々しく手を伸ばす幼女。何だか腹が立ってきたし、今思えばクルリはこの男に二度蹴られ気を失っているのだ。

ライルは去り際に思いっきり男に蹴りを入れてみた。

「何だ、やる気か？」

生憎、軽々と足先で止められてしまったが。

◆　◆　◆

結局あの男の名も、魔剣の幼女の名も分からずじまいだったが、もはやどうでも良い。

おそらくこれでゴブリン騒ぎもなくなるし、森を徘徊する化け物もいなくなるだろう。

「大体、魔剣もあの男に使ってもらえば良いのに。というかあの男しか使えないんだろ？　乱暴だけれど、悪人しか斬らないとか言ってたし。クルリを蹴ったのは許せないけど。あぁ、思い出したら腹が立ってきた。ぶん殴ってやりたい。無理だけど」

ライルはぶつぶつと文句を垂れながら、クルリを抱えてのその森の中を歩く。

行きと帰りで立場が逆転していた。

早朝から出たため、まだ昼にもなっていないが、このペースだと森を出る頃には夜になっているかもしれない。夜の森は危険だ。

そもそもここがどこだかいまいち分かっていない。深い森の奥だということは想像できるが、クルリに担がれ爆速でここまで来たものだから、道など全く覚えていない。

「キモイダケがあれば、不幸中の幸いなんて言えちゃうんだけどなぁ。無いかなぁ」

ろくに地面が踏み固められていない森の中は歩きにくく、落ち葉に隠れた木の根に躓《つまず》きそうになったり、やたら低い位置に枝葉がある木々にぶつかったりしながら進まなければならない。

そんな状況下でキモイダケを探すなんて、無理があると言えば無理があるのだが。

「あーあ、結局良いところ無しだったよ。ごめんなクルリ、情けない主人でよ」

気を失っているので聞こえていないだろうが、一応謝っておく。

にしてもクルリの体は軽い。『体力』スキルのおかげで健康的な状態に保たれているはずなのだが、女子の体とはこんなにも軽いものなのだろうか。

「あの男、何者だったんだろ。戦闘狂って奴かな」

世界にはそういう奴がいてもおかしくはない。それこそ、幼馴染のレイトもそうだった。戦闘狂という程でもないが、好戦的かつ戦いを楽しんでいたのは事実だ。

「あ、ワキヤクキノコだ。採っとこ」

ちょいちょい見かけるヒヤク草やチョットダケはスルーするが、ワキヤクキノコは有能だし何本でも採っておいて損は無い。クルリが起きれば、随時ヒヤク草なども採っていきたいところだ。

「この辺にはスキル落ちてないな。やっぱり魔物が死ぬことがないからかな。森の入口近くだと、よく落ちてたりするんだけどなぁ」

ライルはこの独り言で気付くべきだった。

失念していたのだ。この森では、この山では、当然のように魔物が出現することを。

そしてそれらを感知するスキルが、クルリが気を失っているため発動しないことを。

「あ、やば……」

ライルがそう呟いた時には既に、体長がゴブリンの五倍はありそうな、豚顔の大男が目の前に迫ってきていた。オークだ。

ちょうどシュヤクの木に隠れていて、かなり接近するまで気付かなかった。

手には手製の槍を持っている。筋量が凄まじく、その巨体で槍を突かれればひとたまりもないだろう。

オークはライルを見つけるなり鼻息を荒くし始めた。

「やっぱあそこにいるべきだったのかなぁ……」

あの変態共の殴り合いを見続けるなんて真っ平御免なのだが、今だけはそうしておくべきだったと悔《く》やみたい。せめて、せめてクルリが起きるまでは待っていても良かったのかもしれない。

オークは鼻で呼吸しながら時折息を詰まらせ、フゴフゴと豚のような声を出している。

オークが槍を構える。

「まずいっ！」

幸い相手の動きは遅く、突きが来ることは容易に想像できたため、瞬時に横へ回避する。

オークの槍はライルの横すれすれを通過し地面に突き刺さった。だが安心するのはまだ早い。

オークは地面に突き刺さった槍を引き抜こうとはせず、強引に地を抉るようにして、横に薙《な》いだ。

これにはライルも反応できず、脇腹に槍の柄が激突する。

「ごぁ」

内臓がやられたのではないかと思うほどの衝撃が腹部を襲い、クルリを抱えたまま、ライルは勢い良く飛ばされた。細く背の低い木々をいくつか折り倒し、ヤクの木に衝突して停止する。

クルリも放り出され、落ち葉を巻き込みながら地面を転がった。

何かに強い力で掴まれているような痛みが腹部に走る。胸を打ちつけたせいでしばし呼吸困難になり、しきりに咳き込むような激しい呼吸を繰り返す。

ゴブリンの殴打とは比べ物にならない威力。もしも頭部に当たっていたら一発で失神していただろう。

何とか意識だけは保っているが、立つことができない。

剣がある。それに気付いたのは痛みで狭《せば》まっていた視界がようやく開けてきた頃だった。

何とか手を伸ばせば届く距離にある。オークは強者の余裕故か、のそのそと歩いてきている。

チャンスは今だけだ。

ライルは痛む身体に鞭を打ち、何とか這いずって剣に手を伸ばす。

ほんの少し、中指だけでも触れられれば、あとは引き寄せるだけだ。何度も指を動かし、手を伸ばす。

そして、やっと剣を掴んだライルは、剣を杖のようにして体を支え、何とか立ち上がる。

立ち上がる時に僅かに腹筋に力が入り、それが痛みとなる。これればかりは仕方がないので我慢するしかない。

前屈《まえかが》みになりつつも剣を構え、戦闘態勢を取る。

ゴブリン相手に逃げ出したくせに、果たしてオークと戦えるのだろうか。

顔は豚のようで皮膚の色はゴブリンと似通《にかよ》った濁った緑、人間よりも遥かに大きな身体に極太の腕。ゴブリンなんかとは比べ物にならない。だが――。

「あの魔剣幼女の出した魔物に比べれば……屁でもないな……」

力量はともかく、耐性だけは無駄に高くなったようだった。

確かにあの奇妙な化け物と比べれば、オークなんて可愛らしい方だ。

「かかってこいよ、デカブツ！」

ゴブリンを見て「キモイ！　怖い！」と叫んでいたライルは一体どこへ行ってしまったのか。妙に自信に溢れたライルは、笑みを浮かべて剣先をオークに向けている。

オークは森全体に響き渡るような雄叫びをあげ、槍を構えた。

「まだ心地よい方だわ」

魔剣幼女の下僕の咆哮に比べたら、という意味でだろう。

オークは大股で、ずかずかと背の低い木々をなぎ倒しながら向かってきた。案外、遅い。

先程の横薙ぎは油断して当たってしまったが、しっかりと見ていれば意外と遅いものだ。これならまだ瞬速持ちのゴブリンの方が速かった気がする。

オークが縦に槍を振り下ろし、ライルはそれを着実に避《よ》ける。オークに多大なる隙が生まれるが、斬り掛かるにはまだ勇気が足りない。

「う、やっぱり戦うのって難しい」

ライルは次の攻撃を警戒して即座に後退、オークの後方に回り込むため木々を盾にして走った。

クルリと一緒なら難しいが、一人だから自由に動き回れる。ただ、オークが狙いをクルリに変えないよう注意しなければならなかった。

オークは依然として、のそのそ方向転換しながらライルを見ている。

このまま上手く誘導できれば、勝てる見込みはあるかもしれない。目指すは少し先に見えるワキヤクの木だ。

ワキヤクの木を背にして、ライルは剣を構えた。

一見すれば退路を断たれたようにしか見えない。

しかしこれはライルの作戦なのだ。上手くいけば結構な隙を生み出せる。

オークはライルの目の前まで迫り、ライルを影で覆った。

槍を使うには絶好の距離感だ。しかし、これがライルの作戦だった。

その位置では槍を振るえない。何せ両サイドと上方に、槍を振るには邪魔でしかない木が生えているのだから。

そう、必然的にオークは突きを放たざるを得ない。これこそがライルの狙いだった。

そしてまんまと、オークは思いっきりライル目掛けて突きを放つ。

馬鹿め。そうほくそ笑んだライルは、タイミングを見計らってその突きを避けた。

人力ならまだしも、オークの怪力によって放たれた突きだ。槍は深々と幹に突き刺さった。

「やったね、大成功っ！」

思わず子供のように喜ぶライル。だが悠長に喜んでいる暇はない。すぐさま行動せねば、オークが槍を引き抜いてしまうかもしれない。

もっと言えば、槍を手放し肉弾戦に持っていかれたら不利になるばかりだ。槍に気を取られている今が好機。

ライルは不格好にも剣を思いっきり振り上げて、力いっぱい振り下ろした。

オークの腹がズブズブと引き裂かれ、その中身を吐き出す。

面白いことに、魔物には臓器が存在するのだ。特に人型や獣型はその傾向が強く、必要も無いのに、生物を真似た器官が多数存在している。

腹を裂かれたオークが雄叫びを上げ、その場でのたうち回る。そうすれば当然中身もあちこちへ飛散する。

オークから分離した臓物は一様に黒い霧へと姿を変え、消え去ってしまう。

魔物は肉体の欠損の度合いによって霧散するかしないかが決まるのだが、なかなかしぶといオークは大半の臓器を失ってまだなお生存している。

真っ二つにはできなかったが、ライルにしてはよくやったほうだ――とはならなかった。

今までも感じていた些細な違和感。

それが今、ハッキリとした疑問へと変わった。

「斬れすぎだ……」

相手は魔物なのだ。何のスキルも持っていないライルが、オークの腹を臓器が飛び出るほど引き裂いたのだ。

思えば心当たりがいくつもある。

例えばアドベンに来る途中で感じた視力の向上。

他にも、山を登っていて感じたほんの少しの余裕。

そしてライルは先程まで、クルリを抱えて不安定な森の中を平然と進んでいたのだ。息も切らさずに。

そして何より、クルリは軽くなどなかった。

クルリを抱えた時に感じた『軽さ』は、通常ではありえない。

『体力』スキルによって常に健康体に保たれている上、『剛腕』スキルや『瞬速』スキルの影響で、筋量は以前より増えているのだ。軽いわけがない。

「何だこれは……」

明らかに何かがおかしい。

オークを軽々と切れたことも、視力がやけに上がったことも、あからさまに持久力がついたことも、クルリを軽々と抱えられたことも、おかしいのだ。

ライルはまだオークが絶命していないにもかかわらず、確認するかのように手を握ったり開いたりしていた。

ひとつひとつの変化は微々たるものだ。

鍛えたから、で済む話かもしれない。だが、ライルは急成長するほど鍛えた覚えはない。

「まるでスキルが増えたみたいだ……」

だが、クルリに『感知』スキルを与える時に、一応確認したので分かっている。自分に『採集』スキルしかないことは。

だったら何故。

その理由を深く考えたいところだが、オークはまだ死んでいない。

今しがた立ち上がったようだ。

もうすぐ死ぬのだろう。息を荒くしながら木にもたれかかっている。

「くっそー……中途半端に致命傷を与えちゃったから無駄に罪悪感が……」

ライルは剣を構える。やはり剣術スキルが無いので構えは不格好だ。突発的にスキルが増えたわけでもないらしい。

ライルの剣はオークの顔面まで届かないので、腹部を切り裂く以上の傷を与えるのは難しい。故に脚や背中を切りつけて徐々にダメージを与えるしかない。

ライルはせめて早めに倒すことができるようにと、全力で剣を振るう。

やはり当たる度に想定よりも深く剣が沈む。こんな感覚は初めてだ。

思い当たる節《ふし》が無い。強いて言うなら『採集』スキルだろうか。

そう考えながら、作業のようにオークをアカシに変えたのだった。

◆　◆　◆

結局森を出る前に夜になってしまい、仕方なく森の中で野宿という選択をせざるを得なかった。

本当に危険だというのに。

ライル達を囲むように、生成したモウサンジカの小腸を四方に放置している。

「うぇ。くさい」

極力においを遠ざけたかったので、機能する限界の位置に放置してきたが、それでもやはり臭い。

手からあれを生成しなきゃならなかった。最悪だ。

「生成……ねぇ」

そういうものなんだと勝手に納得して、考えるのを放棄していたが、やはりこれは一度深く考える必要がありそうだ。

「何なんだ、このスキルは」

ユニークスキルなんて言葉で本当に片付けて良いのだろうか。

倉庫や図鑑、採集ポイントなんかは、まだギリギリユニークスキルの範疇《はんちゅう》かもしれない。

しかし、自分にしか見えないスキルの採集や、クルリの言っていた肉体の採集、そして――。

「命の、採集……」

その時のライルは、まるで別人だったとクルリは言っていた。

現に当時の記憶は無いし、採集方法も知らない。頭の中に流れてくるはずの古語も無回答。

「スキルをもらったあたりからだよな。体の異変を感じたのも」

体の異変と言っても悪いものではなく、なんとなく調子が良くなっていく感じだった。

だが特別なことをした覚えはないので、いまいち採集スキルとの関連性も不明だ。

分岐点。『特に異変を感じ始めた』分岐点はどこだ。

視力、筋力、持久力。最初に強く違和感を覚えたのは視力だ。

遠方の山で戦っている冒険者をハッキリと視認できた時。その時点、もしくはその付近、ライルは何をした。

あの時はちょうど休憩時間だった。いや、そこでは何もしていない。

ならばもっと前、そもそも何故あそこにいたか、答えは簡単だ。ヘイヌの街から逃げるため。

何故ヘイヌの街から逃げた。人を殺したから。騒ぎにならないため。

その時点から身体能力が向上した。

「もしや――」

特別なことをしたといえばそこだ。人を殺した時点だ。

だとしたら、それは紛れもなく『禁忌《きんき》』だ。あってはならない事実であり、やってはいけないことだ。ありえない。そんなことがあっていいのだろうか。

そうだとしたらこれはもう『採集』なんてもんじゃなくなる。悪《あ》しき力だ。スキルなんて、神から与えられた加護なんて、そんな神聖なものとはかけ離れている。

ライルは自分が恐ろしくなる。

自身の顔を覆い、どこにも焦点を合わせずに呟く。

「命を採集したら力が手に入るのか……？」

◆　◆　◆

あの晩、結局正確な答えは出なかった。

クルリが目覚めたところで思考を中断し、ちょうど良いと見張りを交代してもらって自分は寝ることにした。

で、今朝起きたらこのざまだ。

「よう、ガキ」

「は？」

しばらくは状況が呑み込めなかった。

クルリは気まずそうにライルから目を逸らし、『ライルを守れる範囲ギリギリ』に体を小さくして座っている。

逆に堂々とライルの目の前に座っているのは、昨日洞窟で出会った古傷だらけのあの男だった。

「そういやてめぇの名前も嬢ちゃんの名前、あぁ嬢ちゃんってのは奴隷の方の嬢ちゃんな。嬢ちゃんの名前も、聞いてなかったたな。名前は？」

ライルは唖然としながら、血まみれなのに新しい傷はひとつも無い男の方を見ている。

衝撃で声を失うという体験をしたのは、もしかすると今日が初めてかもしれない。

「何？　俺から名乗らねぇとダメみたいな感じか？　そういう時は、『名乗るならまずはてめぇからだ』って言った方が良いぜ。俺の名前はヒギルだ。よろしく」

何が「よろしく」だ。どうしてそう平然と手を差し伸べている。何故当然のように握手を求めている。

「ど――――どうして……あんたがここに……」

「あ？　俺が名乗ったのに、お前は名乗らねぇわけ？」

「――ラ、ライル……」

一瞬、死んだかのような錯覚《さっかく》に陥った。これは、選択を間違うと死ぬかもしれない。慎重に言葉を選ぶべきだ。

「嬢ちゃんは？」

「ひっ……………ク……クルリ……です……」

クルリは昨日のことがトラウマなのか、かなり怯えながら何とか答える。

「そう怯えられちゃ流石に傷つくぜ？　俺だって別に心が無いってわけでもねぇんだからよ、案外、傷つきやすい性格なんだから」

「……ど」

「どうして俺がここにってか？　いや何、またあの魔剣の嬢ちゃんに逃げられちまってよ。その帰りに近くを通りかかったら妙にクッセェもんだから、何事かと思ったらお前らがいたわけよ。何あれ、ゲロでも吐いたの？　いや、もっと臭いもんだな。なんつーか、世界中の臭いもんを全部食ったヤツのうんこを、さらに食ったヤツのゲロみたいなニオイがするぜ」

「モウサンジカって鹿、知らないのか……って、どうして話しかけるのさ。見つけたからって」

「お前達、見たところ旅してるんだろ？　俺もそれについて行こうかなと」

ついて行く。どうして急に、そんなことを言い出したのだろうか。

「どうしてって顔してんな。良いぜ、親切に答えてやる。まずひとつ目の理由だが、単純に、魔剣の嬢ちゃんがお前達を妙に気に入ってたことだな。何でかは知らねぇけどよ、あの堅物……フッ、本当に堅物だな。あれが近付いた奴を追い払おうとしないなんて、かなり珍しいんだぜ。ましてや守ろうとするなんてよ」

それはただ単に、必死で誤解を解いた上で言い掛かりをつけたのが原因で、ほかに特別な理由は無い。

「そしてふたつ目。そこの嬢ちゃん――クルリつったか、その『力』がどうも気になってよ。おそらくスキルなんだろうが……熟練している割に、本人自体はとても未熟っていう、チグハグなことが気になってな。ありゃあ何でだ？　あぁ、答えたくないなら答えなくて良いぜ。追及はしねぇが、自分で考えるくらいは良いだろ？」

それはスキルのおかげだ。何か特別なこと、いやスキル自体かなり特別なので、特別と言えば特別か。なら、むしろ追及されるべきはライルの方だろうか。

などと考えていると、ヒギルは見透かしたかのように言う。

「三つ目はお前だよ、ライル。お前が気になった」

「え？　俺……？」

あの場で何かしただろうか。彼に目をつけられるようなことをしただろうか。

呆然と攻防を傍観して、最後に一発ヒギルに蹴りを入れようとしたくらいだ。それも不発に終わったし。

もしや、あの蹴りから何らかの才能を見出されたのだろうか。だとしたら嬉しいことこの上ない。隠れた才能なんてカッコイイだろう。だが――。

「お前、何者だ？　気のせいかもしれないが、もしもこの感覚が本当だったのなら、確実にお前は『ヤバい奴』だ。俺より何倍もな」

何を言っているのだろうか。

ライルは何の変哲もない冒険者の父と、専業主婦の母の間に生まれた子だ。強いて言うなら、母親が女性としては珍しく、男衆に混じってハードな農業に参加していたくらいだろうか。

「というわけで」とヒギルは言葉を続けたが、結局大した理由もなく「ついて行く」ことを決めたそうだ。強いて言うなら面白そうだから、らしい。

そんなことをしている暇があるなら、さっさとあの魔剣幼女を探しに行けば良いのに、と言ってみると……。

「あいつはそう簡単には捕まらねぇし、俺が血眼《ちまなこ》になって探すよりは、お前達といた方が見つかりそうなんだわ」

そう返ってきた。さっきから、一体この男は何を根拠に言っているのだろう。

「もしかすると明日くらいには会えんじゃね」

ほら。

◆　◆　◆

丸太持ちだとライルの内臓に深刻なダメージが入るため、今回からクルリは、ライルを抱える時にお姫様抱っこをするようにした。

そのせいで現在、高速で走る奴隷少女に主人がお姫様抱っこされる、という絵が完成していた。

「恥ずかしい」

「が、我慢してください。ご主人様のためなんですから……」

「ありがとう。クルリ。……にしても、凄いなアイツ」

現在森の中をクルリは全力疾走している。

そしてヒギルは当然のようにクルリについてきているのだ。

ライルを抱えているとはいえ、『瞬速』スキル持ちのクルリが全力で走っているのだ。普通の人間は追いつけるはずもない。

だが、ヒギルは平然とついてきている。まるで軽い運動でもしているかの如く。

「言っておくがなぁ、俺は『瞬速』スキルなんてもんは、一切持ってねぇからな」

心でも読んだのか。

「こんなもん、誰だってやりゃあできんだよ」

やればできるなんて、父親のようなことを言っている。

だが気を抜いてはならない。彼はあの冒険者風の四人組を既に殺している極悪人なのだから。

気を許せば何をされるか分かったものではない。

「ところで、ライルよ。お前これからどうするんだ？　まぁしばらくはアドベンにいるんだろうが、ずっとってわけでもねぇんだろ？　一体次はどこに行くんだ？」

凄い速度で森の中を移動しているので何を言っているのか八割以上分からなかったが、要は次はどこへ向かうのか聞いているのだろう。

行く宛《あて》は特に無い。そもそも今いるウノーラにあるとされている創造の花『ツク』だって、どこにあるか見当もついていない。

「うーん、特に宛があるわけじゃないから、とりあえず北に向かおうかなって」

「まぁそりゃここは南端の国だからな」

「そうだね。とりあえず旅をして、そのうちに見付かれば御《おん》の字って感じ」

「見付かる？」

「あぁ、俺の目的は……ってこの状況で話すの？」

「気にすんな。俺は耳が良いからな。聞こえる」

本当、よくこの状況で聞こえるものだ。

本人が大丈夫と言っているので、ライルは風に打たれながら夢を話したのだった。

◆ ◆ ◆

クルリの『瞬速』で運ばれたおかげか、思ったよりも早くアドベンに着くことができた。

結局ひとつも採集できなかったキモイダケのクエストは放棄。キモイダケと一緒でなければ納品できないクビダケは温存。痛い出費だが、放棄した代償として金を払うため、ライル達はギルドへ向かった。

ちなみにクエスト放棄した時の賠償金はなかなか高い。これでモウサンジカのクエスト報酬のほとんどが消えてしまうだろう。もしかすると赤字かもしれない。

「あーあ、ほんと、あの魔剣のせいで散々だよ……」

「な？　あれといても良いことねぇだろ？」

「あんたはそれを追ってんだろ」

「そういうところが良いに決まってんだろ。一緒にいても、良いことなんてひとつも起きない。俺はあの嬢ちゃんのそういうところに惚《ほ》れたんだ。みすみす逃してたまるかよ」

「マジで、あんたただの変態野郎だよ」

当面はアドベンで金を貯めることになるだろう。

だが、正直アドベンも早めに出たいところだ。何せまだヘイヌからはそう離れていない。もっと言えば、例の現場はさらに近いのだから。

「俺も冒険者登録しちまおっかなぁ」

「今までしてなかったんだ。どうやって生活してきたのさ。あんたみたいな放浪者が」

「あぁ？　そりゃあ、まぁ、色々とだよ。例えばどこぞのクズ野郎を殺したり、どこぞのクソ野郎を消し飛ばしたり、な。他にもゴミ野郎を葬《ほうむ》ったこともあったな」

「殺してばっかじゃないか……」

「それが性に合ってんだよ。悪党殺しが俺の生き甲斐《がい》さ」

「何で俺は人殺しと旅を……」

「良いだろ、どうせ相手も悪人なんだから。ま、俺も悪党だから、何ならお前に殺されても文句は言えねぇがな」

「殺すわけないだろ。というか殺せないよ」

ギルドへ向かう途中、深い深いため息をつかざるを得ない。

モウサンジカの角の採集を含めて酷い目に遭い、挙句《あげく》の果てに依頼を完遂できず、こんな厄介な奴までついてくるようになってしまった。

「ギルドってどこだ？」

「すぐそこ、そこの角を曲がればあるよ。はぁ」

「へぇ。何、ライルは行きたくないのか？」

浮かない顔をしながら、弱々しく突き当たりの道を指差しているライルに対し、ヒギルは軽く質問する。分かっているだろうに。

「別に行きたくないわけじゃないよ、ただ、今から金を払いに行くと思うと」

「採ってからじゃダメなのか？」

「もう遅いよ。もうじき期限を過ぎる。今から探しに行ったって、納品する頃にはもう手遅れ。成立するのはモウサンジカの方の依頼だけ。無駄なことさ」

「なるほどな。そりゃ確かに惜しいことをしたわけだ。何だったら、帰り道にでも探してりゃ良かったかもな」

「キモイダケなんてそうそう見つからないんだよ、そう簡単には見つからない……見つからない。だから、結局は骨折り損のくたびれもうけ」

ヒギルは心底興味無さそうに、ライルの愚痴ともとれる吐き出しを聞き流す。

「ところで全然話は変わっちゃうわけだけど、俺、結構耳が良いんだよな」

「ああ知ってるよ」

そりゃあ、あの爆速ダッシュ中にライルの話を一言一句聞き逃さずにいられるような奴の耳が良くないわけがない。むしろ異常なほど良い。

そんなことは既知の事実だ。だが何故今そんな話を持ち出してきたのだろうか。

「俺って奴はさ、ついつい盗み聞きしちゃったりする悪党でな。たまーたま、ほんとたまーたま聞いちゃったんだよな」

「何を」

「えーっと、何だっけ、そう、あれはこんな感じだったな。『君が野に放った化け物のせいでキモイダケを採集できるチャンスを失ったんだからな！　クビダケを見つけたから喜んでいたのに！全く、責任取れよな！』。いやほんと、うっかりな」

急に何を言い出したかと思えば、それは紛れもなく、ライルが魔剣の幼女に放った言い掛かりだ。

『一言一句』間違っていない。口調も、音量も、声色も、ほとんど一緒だ。

あの会話を聞いていたのか。だがあの時、クルリの『感知』スキルには何も反応が無かったはず。

スキルの感知範囲はかなり広い。普通ならありえないことなのだ。普通なら。

「でよぉ、ほんとたまたまさぁ、俺の足元によぉ、こんなものがあってだな」

ヒギルがすっと手を開くと、そこには『キモイダケ』があった。

「え？」

先程までキモイダケが無く落ち込んでいたライルに対して、握られたキモイダケはヒギルの手の中で、その気持ち悪いオーラを存分に放っている。嘲笑《あざわら》うかのように。

ライルはそれを一目見て息を詰まらせた。

「その『声の主』とやらが誰かは分かんねぇけどよ、気になっちゃったもんは仕方ねぇだろ？　だからさ、拾っちまったわけよ。別に俺には必要のないものだし、『声の主』も結局誰か分からずじまいだったからよ、お前にこれ、プレゼントしてやっても、良いんだぜ？」

わざとらしいにも程がある。先ほどヒギルが出した声は、紛れもなくライルの声を真似したものだった。

あそこまで似ている声を出せる奴はなかなかいない。かなりの完成度だった。

その上で、まるで恩を売るように、ライルの目の前にちらつかせる。

「これあれば、クエスト、間に合うんじゃあねぇかな。なぁ？　どうよ。もしも手遅れってんならこれはどっかその辺に捨てちまうぜ。こんなのあったたってキモいだけだしな」

「お前……それ……」

「『仲間』になったんだから、これくらいはしてやらねぇとな。『仲間』だしよ。それに『責任』もとってやらねぇとな。あぁもちろん別件での話だ。別に『声の主』の言葉を聞いてそう言ってるわけじゃなくて、『未来の俺の嫁』がお前に迷惑を掛けちまったみたいだから、その詫びをする『責任』が俺にはあるだろう？」

何だこの男は。予知能力でもあるのか。それとも何か、ライルが言い掛かりをつけたその声を聞いた時から、諸々《もろもろ》予測していたとでも言うのだろうか。

いや、そんなはずはない。偶然だって沢山重なってきた。予測なんて不可能だ。

ましてや出会ってもない状態から、そんなことを考えているなんてありえない。

「何だ？　いらねぇのか？」

「い、いや、ありがたくもらう。そうだよな『仲間』だもんな。でも、何で、いつから……だいたいあんたは出会った時――」

出会った時、どうだった。

あの時ヒギルは、一度でも「誰だ」と言っただろうか。ライル達を見て、疑問を持つ素振りを見せただろうか。

否、見せていない。彼はまるで既に知っていたかの如く、ライル達を見ていた。

「だったら最初から、もっと友好的に話しかけてくれば良かっただろ……。それこそ、あの魔剣に対しても真摯《しんし》に対応していれば、良好な関係になれたかもしれないだろ」

「惚れた女に見栄を張るくらい許してくれよ。大体俺は根っからの悪党なんだぜ。あの嬢ちゃんはそれを知っている。だから今更取り繕ったって意味なんてねぇんだよ」

それになライル、と突き当たりに着いてギルドがちょうど見えた時に、ヒギルは言った。

「俺は悪党だからな。嘘をつくのが好きなんだ」

あぁ、なんて野郎だ。

確かに彼は悪党のようだ。ライルが出会った人間の中で、ぶっちぎりの悪党のようだ。

◆　◆　◆

ヒギルから受け取ったキモイダケ（ちなみにスキルに採集としてはカウントされなかった）と、自身で採集したクビダケ、それにモウサンジカの角四本を納品した。

ヒギルはその間本当に冒険者登録したようだ。何の意味があるのかは分からないが、確かに同じ冒険者なら今後も共に行動しやすいのは事実だ。

ヒギルの作業が終わるのを、ライルはクルリとともに待っていた。

「ご主人……様……あれ……」

突然、心底驚いたような声がし、肩をとんとんと叩かれた。振り向くと、目を丸くしたクルリが、指を震わせながらある方向を指していた。

急になんだと思いながら、ライルもクルリの指差す方向を見て、愕然《がくぜん》とした。

「どうしたんだ？」

冒険者登録を終えたヒギルが、口をあんぐりと開けて一点を見つめているライル達を見て、訝《いぶか》しげに聞いてきた。

いや、どうしたもこうしたもないだろう。

クルリが指差し、二人が見つめている方向。そこには一昨日助けた冒険者四人組が、申し訳なさそうに謝っている姿があった。

話を聞けば、夜アドベンを襲ったゴブリン達を引き連れてきてしまったことを詫びているらしい。

いや、そんなことはどうでもいい、問題はそこじゃない。

何故彼らが――『ヒギルが殺したはずの彼ら』が生きているのだ。

殺したと言い張った張本人に問いただすため、ゆっくりと視線を彼に向ける。

さすればヒギルは、古傷だらけの顔をにやりと歪ませて、したり顔でこう言った。

「俺は悪党だからな。嘘をつくのが好きなんだ」

◆　◆　◆

良い朝とは言い難い。

「おい、ギルドに行くぞ」

昨日、『一緒の部屋だとお前らが盛れないだろ』なんて理由で宿を別にしていたヒギル。

彼が翌朝、扉を乱暴に開けて放った第一声がこれだった。

「えっ……あぁ、うん」

「なんだぁ？　寝起きか？　そりゃあ良くねぇぜ。早起きしてなんぼだ」

「悪党のくせにまともなこと言わないでくれよ。大体、俺も充分早起きな方だろ……」

「陽が昇った時点で、もう寝坊助《ねぼすけ》なんだよ。おら、クルリをとっとと起こして準備しろ。ギルドに行くぞ」

「ノリノリだな……」

「そりゃ初クエストだからな。体が疼《うず》いて仕方ねぇ」

「俺は採集クエストしか受けないぞ」

欠伸《あくび》をしながら、あらぬ方向に跳ねた髪の毛を適当に整えつつ言い返すライルに対し、ヒギルは口角を上げて笑った。

「ふっ、安心しな。お前は採集だけしてればいい。……普段は入れねぇ場所、魅力的じゃねぇか？」

「それってまさか……」

「おうとも」

ごくり、とライルの喉が鳴る。

ヒギルの言っている『普段は入れない場所』には心当たりがある。

クルリとライルだけじゃ実力的に無理な場所で、アドベンが冒険者の街と呼ばれる最大の理由でもある。

北東部に位置する山には俗に言う『ダンジョン』というものがあり、魔素が濃いのか、そこには魔物が多く発生する。

しかも強力な個体が多く実入りが良い。ただ、生半可な者は帰らぬ人となってしまう。

奥には誰のいたずらか、多くの財宝が眠っていると噂され、事実財宝を見つけた者もいる。

話によると昔そこを根城にしていた盗賊団が奪った財宝が眠っているらしい。

ただ、その『ダンジョン』は盗賊の根城と言うには余りにも広く、深い。未だに最後まで辿り着いた者はいないのだ。

どこまで続いているのかも不明かつ、都合が良いのか悪いのか、外から干渉はできない。

外側から掘り進めることも、内側から大きく破壊することも不可能ゆえ、純粋に踏破するしか方法は無いらしい。

劣化しないし、ある程度削ってしまっても、人がいなくなると元に戻ることから、一説によるとそういうスキルを持った人間が作ったとかなんとか。

「ダンジョンで採集……」

一度も見たことがない採集物が、ダンジョン内ならいくらでもあるはずだ。

それらを採集できると考えると、胸の奥底からやる気が湧き上がってくる。

「よし！　クルリ起きろ！　ダンジョンだダンジョン！　ダンジョン行くよ！」

「ふぇっ……ぉ、おはようございます……」

ライルは口元をにんまりさせて、意気揚々とクルリを叩き起こした。

目指すはダンジョン。とりあえず朝食を食べてから向かうことにした。

◆　◆　◆

地上とダンジョンとでは、採集するアイテムも大きく異なる。例えば植物なんかは、ダンジョン内にはほとんど生えていないだろう。

「うーん、どれを受けようかな……」

「んなもんどれでも良いだろ。なんだったら俺が選んでも良いぜ」

「これくらい自分で選ばせてくれよ……。大体ランクが低いんだから、受けられるクエストが限られてるんだよ」

「まぁな。俺なんて討伐クエスト探してみたがひとつも受けられなかったぜ。だからお前の採集クエストを口実にあれこれ狩るんだろうがよ。なんだったら、お前が受けた討伐クエストを俺がやってもいいんだぜ」

「俺の方も、あんたが満足するようなクエストは無いと思うよ」

「けっ、しけてんな」

現在下級のライルと初級のヒギル。受けられるクエストはほとんど無いだろう。ましてやダンジョンでのクエストとなれば。

「これとか聞いたこともないな……」

「へぇ、どれどれ……『ガンバナライト鉱石を定量』と。俺も聞いたことはねぇな。元から興味無いから仕方ねぇけどよ」

「とりあえずこれにするか」

「聞いたこともねぇ石を探すってんのか」

「特徴はギルドの人に聞くさ。そういう知らない物を見つけ出すのが楽しいんだろ」

「分っかんねぇな、その気持ち」

「まだ見ぬ強者って聞いて、わくわくしない？」

「あぁー……何となく分かったわ」

ヒギルはやはり戦闘狂気質のようで、こういう風に話を転換するとすぐ理解してくれた。

「あと、これとこれと……これ」

「随分取るもんだな」

「新天地だぜ？」

「なるほどな」

「あっ……これも……」

「おいおい、言っておくが全部採集できなくても、俺は助けてやんねぇからな？　クエストに失敗して金払うことになっても知らねぇぞ」

ぴたりとライルの腕が止まった。

そう言われるとその通りだ。確かにこの量は受けすぎかもしれない。

「危ない。ワクワクしすぎて忘れてた。もう二度とあんな思いはしたくない……」

「シリアス演じてるとこ悪いけど、ただの金の話だからな」

「ぐっ……まぁいい、これとこれは取るのやめだ」

結局ライルが選んだのは計三種類のクエストだった。

ガンバナライト鉱石の採集に加え、動物系と植物系のクエストをひとつずつだ。

クエスト用紙を受付に持っていき、クエストを受けたライル一行は、初のダンジョン攻略へ向けて、北東の山へと向かうのだった。

◆　◆　◆

ガンバナライト鉱石は比較的よく見つかる藍色の石で、高価な武器の装飾品にも使われる。透明度は低いが硬度は高く、頻繁に衝撃を受ける武器の装飾には持ってこいなのだ。

「クルリの嬢ちゃん。ご主人様のあんな姿見たくなかったろ」

「い、いえ……別に……大丈夫です……」

「か～、自分が仕える相手のあんな間抜けな姿、俺は見たくないもんだぜ」

現在ライルはダンジョンの浅い場所にて、大きな穴に上半身を突っ込み、必死に何やら作業をしている。

「仕方ないだろ……くっ、だって、まさかこんな場所にっ……あるなんて……」

「お前が受けたんだからちゃんとお前がやれよー」

「わーってるって！　ぐぉっ！」

穴から突き出た尻と脚が、全く別の生き物のようにぴょこぴょこと動き、あちらこちらに激突している。その光景をヒギルとクルリは呆れ顔で見ているしかなかった。

何故ライルがこんなことをしているかというと、それはガンバナライト鉱石の採掘場所が関係していた。

よく見かけるガンバナライト鉱石だが、そのほとんどは今現在ライルが潜っているような、中途半端な穴の中にしか無い。

しかも周囲の石もかなり硬いため、なかなか掘り出すことができない。それに加えこの立地。硬い岩を砕こうにもまともに力が入らない。

そう、このガンバナライト鉱石、頑張らないと採れないのだ。

「はいはい、頑張れ頑張れー」

「が、頑張ってください……！」

ヒギルはぽんぽんと退屈そうに手を叩き、クルリは心配そうな顔をして、剣の柄をぎゅっと握っている。

「が、頑張ってるんだよっ」

またも脚と尻がぴょこぴょこと動く。まるで尻から言葉を発しているようだ。

「やった！　一個取れそう！」と尻が喜び、「ぐぉっ！　硬い！」と尻が驚いている。

「クルリ、お前の主人は本当に大丈夫なのか……？」

「お、お尻で喋っていても、ご主人様はご主人様です！」

酷い言われようだ。

静かなダンジョン内だからもちろんその声はライルにも届いており、何やら反論しているが、尻が喋っているだけなので相手にされない。

「で、感知スキルの方はどうよ」

「えっと、ちらほら魔物の反応がありますが……こちらに近付いてくる気配は特に無いです」

「大きい反応は？」

「ふたつほど……」

「魔剣の嬢ちゃんが出す奴と比べたらどうよ」

「小さいかと……」

「かーっ、まぁいいか、そこの尻が復帰したら、そいつら狩りに行くとするか」

「分かりました」

もはや庇うことすらしてくれなくなったクルリに、涙を流しながらガンバナライト鉱石の採集を続けるライルであった。

◆◆◆

ダンジョン内は暗く、時折聞こえる風の呻《うめ》き声が恐怖を煽る。

石レンガで補強されている場所もあれば、剥き出しの洞窟で形成された道もある。

ライルは時折見つかる穴からガンバナライト鉱石を掘り出し、クルリとヒギルは寄ってくる魔物を駆除している。

「クルリ、弱腰になるな。もっと踏み込まなきゃ力を存分に発揮できんぞ」

「は、はいっ」

「そこで尻出してる主人を守りたいんだろ？　あと魔法が使えるんだったな。『火魔法』と『水魔法』か、多才だな。ここは森じゃねぇから存分に使っていいぞ」

クルリとヒギルはダンジョンに出てくる魔物を相手に戦闘訓練のようなものをやっている。主にヒギルがクルリに対して『戦い』を教えているようだ。

戦闘音を聞きつけて続々と魔物達がやってきている。

角から現れたのはコボルトという魔物だった。

人よりも二回りほど大きな体に、毛並みの荒れた狼の顔。手にはサーベルのような武器を持ち、ゴブリンやオークと比べて戦術的な立ち回りを行う。

「後方から二体！　おそらくこのコボルトの仲間だと思います！」

「挟み撃ちとは小賢《こざか》しいな。魔物の割には考えるじゃねぇか」

「どうしますか」

「三体くらいならお前一人でもいけるんじゃないか？」

「えぇ……や、やってみます……」

「おう、がんば」

クルリは弱々しく剣を構える。

狼や犬特有の硬い爪と石レンガが触れ合う音が洞窟内に反響し、コボルトの接近を告げている。

彼らは人間と狼の中間のような脚をしており、フットワークが非常に軽い。

一瞬で距離を詰められることもあり、不意をつかれると攻撃を受けてしまう。

コボルトは『上銅種』で、『下銅種』であるゴブリンのふたつ上の階級。あのオークと同じくらい脅威《きょうい》なのだ。

ヒギルがいるので万が一すら無いのだろうが、もしもコボルトがライルの方に向かってきたらと思うと、前後に気を配らざるを得なくなる。

まずは二体の方を優先すべきか、それとも近い位置にいる一体を先に倒して数の多い二体の方を仕留めるか。

結局クルリは一体の方を先に仕留めると決めたらしく、剣先を前方のコボルトの方へと向けた。

同時に、手のひらを軽く上へ向け詠唱を始めた。

「やがて種火は炬火《きょか》となり――」

「わお、いきなり魔法かよ」

「炬火の印は猛火となる――」

(この詠唱は火炎《フレル》か。随分と初歩的な魔法だな)

そう悟ったヒギルだったが、クルリの手のひらに形成されていく炎球の大きさに驚く。

通常想定される火の基本魔法、火炎《フレル》の大きさを優に超え、炎魔法に届くような巨大な火球だった。

「なっ……これがあの火炎《フレル》だと!?」

まさかと疑うヒギルをよそに、クルリは大きな声で言い放つ。

「火炎《フレル》！」

同時に腕を振り、何故か魔法を後方へと飛ばした。そしてクルリは魔法を放つや否や前に飛び出し、前方のコボルトへと切りかかる。

ちぐはぐな行動にヒギルは眉をひそめるが、魔法の飛んでいった先を見て何となく理解した。

クルリの放った魔法は後方のコボルト二体の足下へと着弾し、炎の壁を作っていた。

どうやらクルリは、火魔法でコボルトを足止めしたかったらしい。

「臆病すぎるな……」

これはクルリの臆病さ故の判断だった。

普通ならば前方のコボルトへ火魔法を放ち、その上で切りかかるか、もしくは火魔法で倒してしまう方が良いだろう。

もっと言えば火魔法なんて使わずとも、これくらいなら剣でも何とかできたはずだ。

確かに魔法も使っていいとは言ったが、この場面では詠唱時間の無駄だ。まだ遠くにいるコボルトに対して使うべきではなかった。

それでもクルリがそうしたのは、『万が一』を危惧《きぐ》したからだった。

コボルト二体が突っ込んできて、ヒギルがそれらを止められず、万が一ライルに何かあったらと思うと、クルリはそうせざるを得なかったのだ。

「俺自身ならともかく、俺の力すらこの期に及んでまだ信用しきれていないのか……。慎重も度が過ぎるとただの欠陥だな……」

クルリは火魔法を放った衝撃に身を乗せて、コボルトに切りかかる。

コボルトは深くサーベルを構え、クルリの剣閃を受ける体勢に入る。

コボルトとまともに対峙したことがなかったクルリは、構えが様になった姿に一瞬驚く。

「やぁ！」

クルリが振り下ろした剣は弧を描き、コボルトの頭蓋《ずがい》を叩き割ろうと迫る。だがコボルトはその剣撃を、頭上に持ってきたサーベルで軽々と受け流した。

火花が散り、クルリの剣は斜めへ逸れて地面に激突してしまう。

コボルトは基本的にサーベルの扱いが上手く、ちょっとやそっとじゃ勝てない。だが、クルリも普通ではなかった。

地面にクルリの剣が食い込んだのを見て、コボルトは狼らしからぬ笑みを浮かべ、追い打ちをかけようとした。

だがクルリは食い込んだ剣を軸に身体を跳ね上げて、サーベルを振り上げ無防備となったコボルトの胴体に脚を絡めたのだ。

突然の出来事に混乱するコボルトをよそに、剣から手を放し、身体を一気に超至近距離まで持ってきたクルリ。左手でコボルトの肩を掴み、右の拳でコボルトの顔面をぶん殴った。

最高練度に仕上がった『剛腕』スキルによって放たれた殴打は、魔物の硬い頭蓋をものともせず、そこには何も無かったかのように肩から上に更地《さらち》を作った。

「へぇ」

そうヒギルが感心したのも束の間。

死したコボルトが霧散するまでの僅かな時間を利用し、クルリはコボルトの死骸を『剛腕』スキルに任せてぶん投げた。

足先から徐々に黒い粒子へと姿を変えていくコボルトは、豪速でダンジョンの通路を飛び抜けて、炎の壁に足止めを食らっていたコボルトのうちの一体の顔面を貫いた。

遠くから仲間の死体が飛んできて、隣の仲間の顔面を撃ち抜いたことに驚愕の表情を浮かべるコボルト。

そこへ容赦なく襲いかかったのは、飛んでいったコボルトの死体とほぼ同じ速度で迫ってきていたクルリだった。

「がぁえ？」

そんな間抜けな声を出したのは、既に下半身と分断され、空中を舞っていたコボルトの上半身だった。

手際が良いなんていうレベルを超越している。もはや蹂躙が服を着て歩いていると言っても過言ではない光景に、思わず声を失った。

「終わり……ました……」

そう弱々しく言う彼女は、戦う前と何ら変わっていない。あまりにも精神と行動とがちぐはぐだ。先程の『火魔法』による足止めだってそうだ。

臆病な行動ばかりを取り、時には悪手を打つにもかかわらず、やっていることは化け物だ。

「俺の力を信用していないだけじゃねぇな……。お前、自分の力すら、信用してねぇだろ」

「は、はい……？」

「慎重と臆病はまるで違う。何だお前は。一体どう生きてきたらそんな戦い方になる。実力と精神がまるで噛み合ってねぇ」

それは彼女の力がライルによって与えられたものだからだ。

いくら力を与えようと、彼女は彼女のままなのだ。臆病な奴隷のクルリのままなのだ。

「こりゃ相当やっかいだぞ。臆病故の間違いすらも、その滅茶苦茶な力でなんとか正解にしてしまっている。慢心よりタチが悪い。全力を出しているはずなのに、力を持て余しているのと変わりねぇ」

これは色々と鍛える必要がありそうだ。何とも先が思いやられる。そう呟くヒギルであった。

◆　◆　◆

「スライムのアカシを食べるコウモリねぇ。魔物のアカシを好んで食べる動物とか初めて聞いたぞ」

「エンジョコウモリってコウモリでさ、母親から名前は聞いていたけれど、まさか自分がそのコウモリの翼を集めることになるなんてね」

クルリがコボルトを圧倒している間に、ライルはガンバナライト鉱石の採集を終えた。泥だらけになった服をはたきながら、今は次の目的地まで二人を連れて歩いている。

その間に、次の標的について話していた。

次に狙うのはエンジョコウモリだ。

このコウモリは下銅種魔物『スライム』のアカシを好んで食べるという非常に珍しい動物で、このダンジョンにも生息しているらしい。

スライムと言えば『核』を中心に周囲の水分を取り込み肥大化する液状の魔物である。巨大なスライムは確かに厄介だが、核を攻撃すればたちまち絶命する。

そのスライムのアカシ（主に核）を食べるなんて、一体どんなコウモリなのだろうかと、ライルは少し期待に胸を膨らませた。

「クルリ。どう？　調子は。ヒギルにいじめられてない？」

「は、はい。ヒギル様には良くしてもらっています」

「何かされたら真っ先に言うんだよ」

「はい」

クルリはぺこりと頷く。

このダンジョンで行われているクルリの強化訓練は順調らしい。

「俺をなんだと思ってるんだよ」

「悪党だよ。でも、ありがとう」

「なんだよ急に」

「礼は言うさ」

「気持ちわりぃ」

「なんだとこの野郎」

眉根を寄せむっとした表情をするライルと、舌を出してしかめっ面《つら》をするヒギル。

案外この二人、仲が良いのかもしれない。

「ご主人様、向こうに人がいます」

「冒険者かな」

ここはダンジョンだ。当然、ダンジョン攻略に勤《いそ》しむ冒険者や、ダンジョンにて魔物討伐などを行う冒険者がいてもおかしくはない。

入口でも数人の冒険者とすれ違ったし、採集中に声が聞こえたりもした。

「近くに魔物の反応が。交戦中でしょうか」

「だったら避けたいな。わざわざ交戦中のところに突っ込んだって邪魔になるだけだし、横取りは良くないからね」

冒険者の間において横取りはご法度《はっと》とされている。

たとえ今反応があった冒険者達が不利な状況にあっても、それは単なる自己責任であり、助けたとしても後々のトラブルに繋がりかねない。

恩を売るつもりで助けたのに、逆に横取りだと批判されることもままある。

「そいつらが死ねば、装備も奪えて一石二鳥だな」

「どうしてそうなるのさ。酷いこと言うなよ。俺達は別のところへ行くぞ」

「効率的なんだがなぁ」

ライル一行は邪魔をしないように、別の通路へと入っていった。

◆◆◆

「あ、先程の冒険者、どうやら勝ったようです。魔物の反応が消えました」

「そう、良かった」

ライルは安堵するが、ヒギルは舌打ちをしてみせた。そんなに冒険者の遺品を狙いたかったのだろうか。

「にしても、見事に何も落ちていないな」

「ダンジョンでは魔物が落としたものも人がいない間にどこかへ消えてしまうって噂は本当だったみたいだね。スキルも落ちてないや」

「スキル？」

「あぁ、いや何でもないよ。とにかく、落ちてるものを拾うっていうのは無理そうだ。ダンジョンって言うくらいだから期待してたんだけどね」

実のところ、ヒギルにはスキルのことを話していない。

ヒギルなら気にしないだろうが、まだそこまで踏み込んで良いのか分からなかったからだ。

「クルリ、スライムかエンジョコウモリの居場所、分かったりしない？」

「すみません……魔物が沢山いるので……」

クルリは頻《しき》りに『感知』スキルで探ってはいるようだが、やはり『識別』スキルが無いとぼんやりとしか分からないらしい。

どのような感覚なのかは、スキルを持っていないライルには分からない。

「そうか……、ヒギルは音とかで分かったりしないの？」

「余計な音のせいで聞こえねぇよ。耳障《みみざわ》りで仕方ねぇ」

「魔物の鳴き声？」

「ん、まぁそんなところだ」

ライルにはそういう特技もスキルも無いので探しようがないし、これは地道に探索してエンジョコウモリを見つけるしかなさそうだ。

運良く識別スキルが落ちていないものか、なんて淡い期待を抱きながらライルはダンジョンの奥へと進む。

しばらく進むと一際広い場所へと出た。

至る所に人工物と思われる石製の柱や壁が立っており、不思議な模様が刻まれていた。

壁には『消えぬ陽』と呼ばれる『ハレジスト』という鉱石が埋め込まれており、洞窟内を煌々《こうこう》と照らしている。対《つい》となる『ガムジスト』という鉱石ならば見たことがあるライルも、ハレジストは初めてだ。

ヒギルが首を捻った。

「なんだぁ？　この模様」

「何だろう……人、かな……。このダンジョンを作った人が彫《ほ》ったのかな」

「宗教か？　魔物みたいな……一、二、三、四……全部で十三か」

壁に描かれているのは十三体の異形《いぎょう》の化け物だった。

そして、広場を囲むようにして立てられた十三本の柱には、壁に描かれた化け物の絵が一体ずつ描かれている。

「十三……十三と言えばあれだな、『十三骸獣《じゅうさんがいじゅう》』」

「十三骸獣？」

「知らねぇだろうが、死を招く十三体の獣の伝説があってだな……」

聞けば、一部でしか語り継がれていないマイナーな伝説らしく、強大な力を持った十三体の魔物が人々を殺し回り、大陸から人間を消し去った、という話らしい。

「その大陸ってのは――」

「あぁ、お察しの通り、サノーレ大陸のことだ。あそこは魔物しか住んでいないから、この話も筋《すじ》が通ってねぇわけではないだろ？」

だが、信憑性《しんぴょうせい》がなく誰も広めようとしないらしい。

それに、元よりサノーレ大陸は人の住めない環境だったというのが世界の常識。十三骸獣なる伝説が入り込む余地はなかった。

そんな話を何故ヒギルが知っているのかはともかくとして、確かに言われてみれば、柱に描かれている魔物と、ヒギルの話す十三骸獣の特徴が何となく一致しているようにも思えた。

「ちょろっと聞いただけだからな。詳しくは説明できねぇが……十三体の魔物と言われれば、それくらいしか浮かばねぇな」

「俺も浮かばないけど……」

「しっかし、んな吹けば飛ぶようなマイナー伝説の絵がこんなところに描かれてるかねぇ。俺がこの話を聞いたのは、この国とは対極の北端の国だぜ。意外と広まってるもんなのか」

「いや、十三骸獣の絵と決まったわけじゃないんだし」

「そうだけどよ、他に何があんのさ。魔剣の嬢ちゃんを追ってるうちにいろんな話を聞いてるが、他に該当するもんはねぇぞ」

確かに、あながち間違いではないのかもしれない。

仮にこの絵が本当に十三骸獣のものだったとして、それがどうしてここに描かれているのだろうか。

「その話によれば、十三は忌み数でな、魔物の数字とも呼ばれてるんだが……もしかしてここは魔物を集める場所だったりしてな」

「まさかぁ」

ははは と軽く笑いながら、広場に作られたいくつもの通路を見る。

あそこから突然魔物が現れるなんてことは、ないと信じたい。

まぁそもそも、クルリの『感知』スキルには魔物の反応も無いのだし、警戒する必要など——。

「ご主人様……どうやら魔物です……囲まれています。逃げ道は塞がれました……!」

——あったようだ。

「ど、どうして。スキルは？」

「この場所が広かったため、通路の先まで『感知』スキルが届きませんでした」

なんと都合の悪い。

本当に十三は忌み数だったのかもしれない。

そんなことを思いながら、ちょうど十三個ある通路からやってくる魔物を迎え撃つため、ライルはクルリとヒギルの背中に隠れて構えた。

◆　◆　◆

この二人はピンチという言葉を知らないのだろうか。

そんなことを思いながら、ライルは地面に転がる無数のアカシをちまちまと拾っていた。

信じられない速度で広場を駆け回り、コボルトやらゴブリンやらオークやらスライムやら、どんどん出てくる魔物の群れを蹂躙していくクルリとヒギル。

それをよそに、ライルはゴミ拾いでもするかのようにアカシを採集していく。

「便利だな。そのスキル」

猛スピードで駆けていくヒギルがそう言ったのは、ライルが手の中にアカシを吸い込んでいくのを見たからだった。

「そういうスキルなんだ」なんて返そうにも、ライルが振り向いた時には、ヒギルは既に広場の反対方向でオークの首を切断していた。

「よく言うぜ……ほんと」

どんなスキルをどんな風に行使したらあんな速度で走り回れるのだろうか。下手したらクルリよりも速いかもしれない。

ヒギルはもはや逃げ惑う魔物達にも容赦なく襲いかかり、声を上げる暇もなく絶命へと導いている。

対してクルリはと言えば、ライルを狙って襲いかかってくる魔物達を相手に立ち回っている。時折ライルの横を通り過ぎる暴風がクルリだ。

クルリは剣を投げて一匹目のオークの頭を貫き、その間にもう一匹のオークの頭を引きちぎる。

直後、剣が刺さったオークが霧散することによって、刺さっていた剣は空中へと放り出された。

その剣の柄をタイミングよく殴り、三体目のオークの頭に命中させる。

しかも、殴った勢いを殺さず空中で回転したクルリは、消えいくオークの体に殴りかかった。

オークの体はクルリの拳が触れる寸前で完全に消え、ちょうど出現したアカシにクルリの拳が直撃。殴られたアカシが物凄い速度で、残り一体のオークの脳天をぶち抜いた。

着地したクルリは何故か落ちていた石ころを掴み、アカシに貫かれて死んだオークの方を睨んだ。

どうやらアカシが出現しないハズレだった場合を想定して、最後の手を用意していたらしい。

「抜かりない……」

ヒギルと戦った頃からか、妙にトリッキーな戦い方をするようになった。あの時何かを感じたのだろうか。

以前のクルリの動きとは根本的に何かが違う。

「うぅ……」

なんて弱々しい声を出して掴んだ石を放り投げ、なよなよし始めるクルリ。

精神が追いついていないとは言ったが、追いついていないにも程があるだろう。戦っている時は人格でも入れ替わったような豹変《ひょうへん》っぷりだ。

ちゃっかり放り投げた石も遠くの魔物に直撃している。

「強くなったな……クルリ」

「ひゃっ……あ、ありがとうございます……！」

「あははは……」

ライルが声をかけるとおどおどと返事をする。恐れる要素がどこにあるというのだ。

ライルなんかより先程蹂躙した魔物の方がよっぽど恐ろしい。主従関係もその力でどうにかできそうなものなのに。

確かに奴隷輪にはそう簡単に逆らえないのだが、少しは自信を持っても良いのではないか。

「ふぅ、雑魚を沢山倒すというのもたまには良いもんだな」

「お疲れ。凄いな、ほんと」

「褒めてもなんも出ねぇよ」

「死んだらアカシが出そうだけどね」

「誰が魔物だ」

「化け物だよ」

見れば全ての魔物を掃討し帰ってきたヒギルは、汗ひとつかいていない。あれだけ動き回っていたのにもかかわらずだ。

「拾うものが沢山だよ」

「あんなもん拾う価値ねぇだろ」

「あるんだよ、俺には」

「そういうスキルなのか」

「そ」

「聞いたことねぇな」

「ユニークスキルなんだよ」

「へぇ」

「手伝わなくていいからね。俺が拾わないと意味無いみたいだし」

そう言ってしばらくの間ヒギルとクルリに休憩させ、ライルはアカシといくつか落ちたスキルを集めるために歩き始めた。

全部集め終わる頃にはポイントも半端じゃない量になっていた。これなら何でも生成できそうだ。

「色々と整理しておきたいところだけれど、今はこの場を離れた方が良いかもね。また魔物に囲まれても嫌だし」

「ここまでやったんだから、流石に奴らも来ねぇだろ」

「コボルトとかならまだしも、ゴブリンやオークあたりはどうだろうな……」

「たまには良いが、やっぱ雑魚ばっかじゃつまんねぇし、そいつらが大物連れてきてくれるんなら俺は大歓迎だぜ」

「俺はやだよ」

この場から去ると言っても、通路は十三個ある。

来た道が分からないなんて間抜けなことはないが、どこに行けば良いのか分からない。

そして何より。

「うーん、どうやらこの辺までらしいな。下級冒険者が入っていいエリアは。地図が途切れてる。中級者以上の冒険者が買える地図とはやっぱり違うみたいだね」

「逆にここまでは描かれていたのか？　初心者向けの地図に」

「そうだけど……」

「そうか……」

ヒギルは腕を組み、周囲を見渡し首を傾げる。

どうしたのだろうかとライルは反応を待っていたが、ヒギルはころっと態度を変えて言う。

「まぁいい、進もうぜ」

「え——あぁ、うん、そうだな……。禁止ってわけでもないし、自己責任で処理されるから、進むのは別に良いんだけどさ、迷子になったりしない？　地図無いけど」

「こんなダンジョン如きで迷うほど馬鹿じゃねぇよ」

「なら良いんだけど……で、どっちに進むの」

「そうだな。じゃあ何となくこっちで」

ヒギルは適当に指を差す。

ライルから見て右。そのあたりに通路は三つくらいある。どこだろう。

他人が指差した方向なんて大雑把《おおざっぱ》にしか分からない。

「どれだよ」

「んなもんどこでもいいんだよ。ほら、行くぞ」

強引なヒギルは、さっさと歩き始めてしまった。

行きたい方向も文句も無いし構わないのだが、少しは慎重になってほしいものだ。そう思いながらライルはヒギルについて行く。

クルリの表情が曇っていたことには気付かずに。

◆　◆　◆

ここから先は中級冒険者以上推奨なので、自《おの》ずと足場も悪くなってくる。出現する魔物だけでなく、こういう細かいところでも踏破難易度が上がっていくのだ。

人が通る機会が減る分、エンジョコウモリも、最初より見つかりやすいかもしれない。

「『咆哮』『歯軋《はぎし》り』『放屁』『皮膚』『爪研《つめと》ぎ』……うーん、あんまり良いスキルは無いなぁ。強いて言うなら『土魔法』と『嗅覚《きゅうかく》』スキルだなぁ。でも『土魔法』って地味そうだし、『嗅覚』はなぁ、クルリに与えた時に耐えられそうにないなぁ。急ににおいを強く感じるのは、ちょっとつらいだろうし……うーん……」

脳内でスキル整理を行いつつ、ぶつぶつと呟くライル。

それに反応したのは聴覚の化け物ヒギルだった。

「なんだ？　独り言か？」

現在ヒギルは、下銀種魔物ハーピーの群れと交戦中だ。

ハーピーの耳障りな鳴き声と、爪で壁や地面を引っ掻く不快な音に包まれてなお、ライルの独り言が聞こえたようだ。

「いくら俺が強すぎるからっていつでも守ってやれるとは限らねぇんだぞ。油断してんじゃねぇぞ」

そう言って、ハーピーの首を切り落とす。

上半身は人間、下半身と腕は鳥、おまけに首が前後ろ逆に付いているという奇妙な見た目のハーピーは、いとも簡単にアカシへと姿を変えた。

「で、どうしたんだ。悩み事か？」

「え、あぁ、いや、何でもないんだ。気にしないで。それより大丈夫？　何体かこっちに来てるけど」

「わーってるよ」

どうやら内容までは聞き取れなかったのだろう。スキルの話には触れてこない。

ヒギルは振り向きざまにハーピーを二体切り飛ばし、もう一体に蹴りを入れる。

どんな威力で蹴ったらそうなるのだろう。蹴られたハーピーからは、心臓だけが飛び出して、壁に張り付いた。数秒で霧散するが、なかなかに衝撃的な光景だった。

ハーピーのアカシといえばやはり爪で、霧散したハーピーから軒並み爪が落ちる。スキルは落ちなかったようだ。

にしてもハーピーは仮にも下銀種の魔物。あのオークよりも上の魔物なのだが、あっさりと全滅させてしまった。

「良かったなライル」

「何がだ？」

「ふ、見てみな」

地面に転がるハーピーの死体、もといアカシたちから視線を移し、ヒギルが顎《あご》で示した方向を見る。

その先はちょうど道幅が広くなっており、左右にいくつもの脇道がある。

そしてその脇道から数匹の何かが飛び出し、別の脇道へと入っていった。おそらくヒギル達の出した戦闘音に驚いて飛び回っているのだろう。

ライルは求めていたそれらを見て、思わず口からかれらの名前をこぼす。

「エンジョコウモリ……」

豚に似た顔に黒々とした体毛と翼を持った、三歳児の少年とさして変わらないサイズの巨大なコウモリが洞窟内を飛び回っている。

エンジョコウモリは想像していたよりも遥かに大きかった。

「ありゃ魔物か？」

「れっきとした動物だよ。へぇ、こういうところを棲《す》み処《か》にするんだね」

脇道をひとつひとつ確認してみたが、どうやら全部少し歩けば行き止まりらしい。奥の方にはエンジョコウモリの糞も落ちている。彼らのねぐらなのだろう。

「エンジョコウモリが岩を削るとは思えないし……多分誰かがここを掘ったんだろうけれど……何のためだろう。ここはこれだけみたいだし、まさかエンジョコウモリのためにわざわざ掘ってあげたとかじゃないよね」

「多分、魔物を生む場所じゃねぇか。ほら十三骸獣の広場に繋がってるし、脇道の合計本数は十三だ。ここで魔物を生んで、広場に集めてたんじゃねぇかな。今の今まで機能してなかったみたいだがな」

「え？　機能してなかったの？　じゃあ……」

「あぁ。そうだ。起動したのはつい最近のことだ。じゃなきゃこいつらはこんな所をねぐらになんかしねぇ」

「何でそんな急に起動したのさ」

「……さぁな。何かの気まぐれだったんじゃないか？　そんなことより、あのコウモリの翼、いるんだろ？　いくつだ？」

「え？　あぁ、うん……」

何だか話題を逸らされたような気もするが、そこまで気にすることでもないので話題転換に乗る。

「えっと、十枚かな。五匹分」

「五匹だな」

そう言うとヒギルはその場から姿を消し、十数える頃には生きたままのエンジョコウモリを五匹捕まえていた。

「おら、捕まえてきたぞ」

「早いな。しかも生け捕り……」

「ほら、さっさと翼切り落としな」

「生きたまま!?　ダメだよ流石にそれは……。可哀想じゃん」

「どうせこれから死ぬ奴に可哀想もクソもねぇだろ」

「せめて翼を採る前に死なせてあげて」

「ったく、わーったよ」

パキッという小さな音がなり、じたばたと暴れていたエンジョコウモリ五匹が一気に力無く翼を下げた。

これでいいだろうと、ヒギルはエンジョコウモリの死体を地面に放った。

雑だなとぼやきながらそれらの翼を切り落とし、倉庫へと仕舞う。残った胴体は全てクルリに焼いてもらった。

「焼くのか。他の奴が食ったりしねぇのか？」

「彼らは同族を食べたりしないよ。食べるのは虫とスライムのアカシくらい。ここに肉を放置しても腐らせるだけさ。もしくはダンジョンが消しちゃうか」

灰は水で流し、極力分散させる。

起伏の激しい地面を、灰を含んだ水が流れ、いくつか水溜まりを作った。

「さ、行くぞライル」

処理を終えたのを確認したヒギルは、行き止まりだからと踵を返して歩き始めた。

「分かった分かった。全く、そこまで急ぐ必要も無いんだから」

「大有りだ。てめぇの採集が終わらねぇ限り、奥には進めねぇんだからよ」

「この戦闘狂が……」

「今日中にこのダンジョンの最深部まで行くぞ」

「んな無茶な」

「はっ、少なくとも一日で行ける場所にはあるだろうよ」

「何でそんなことが分かるのさ」

「勘だよ、勘」

どこからそんな自信が湧いてくるのか知らないが、妙に確信的だった。

まぁヒギルのおかげでダンジョン採集できるわけだし、そのくらい（ダンジョンの最深部まで行くことがそのくらいで片付くかどうかは別として）付き合ってあげても良いのかもしれない。

◆
◆
◆

アドベンは冒険者の集まる街で、その近くにあるこのダンジョンには多くの冒険者が挑んでいる。にもかかわらず、未だに踏破されていない理由というのが、ダンジョンの下層に存在する魔物だ。

ダンジョンには階層があり、特定の場所から下の階層へと降りることができる。

地面を壊すことが現状不可能とされているため、下層へ行くための階段を探さなければならないのだが、魔物が強すぎて探せないのだ。

魔素の濃度が関係しているらしく、幸い魔物は上層には上がってこないが、先に進めないのは事実なのだ。

下金種というオークより四つ上位の魔物がうじゃうじゃいるうえ、中金種まで現れる始末。

「リモウゲン草とやらは見つかったんか？」

「あぁ……お陰様で……」

「良かったな。これで心置き無く進めるわ」

「それはそれは何よりで……」

リモウゲン草という食べると夢を叶える夢を見るという不思議な植物が、ライルの受けた最後のクエストで、現在それもクリアした。

今三人がいるのは、先程説明した『下金種がうじゃうじゃいる』下層で、ヒギルは一際見た目が強烈な『キメラ』と嬉々として戦っているのだ。

要は化け物が化け物を屠り続ける中、ほそぼそと採集を続けるライルは肩身が狭いのだ。

並の冒険者なら出会った瞬間即座に殺されてしまうような強力な魔物が、肉片となって飛んでいく様を見ながら、死の恐怖にも押し潰されそうになっている。

「ヒギルが強いことは知っていたけれど……まさかここまで」

「はっ、魔剣の嬢ちゃんが出す魔物に比べりゃ屁でもねぇよ」

どうりで魔剣の幼女が生み出した化け物とは、クルリも戦いを避けたわけだ。

あのクルリが下金種魔物を相手にして息を荒らげている。今のクルリじゃこの辺が限界らしい。

逆に言えば、オークやゴブリンと何ら変わらない速度で下金種を殺し回っているヒギルはどれだけ強いというのだろう。

「まぁ、アカシが拾えてありがたいんだけどね」

このくらいの魔物ともなると、アカシを売れば結構な金になるし、素材の用途も増える。

単純に素材の質が高いのだ。より濃厚な魔素に包まれていた分、質も上がっているというのが通説だ。

「多分このあたりから未踏破区域だ。そろそろダンジョン攻略組がいるんじゃないかな」

今いるのは、上層でゴブリンやらオークに囲まれた広場と同じような場所だ。

広場に着く度に囲まれては駆除をする、ということを繰り返し、今に至る。

「なるほど……どうりで音もやまねぇわけだ」

「何か聞こえるの？」

「まぁな。クソ耳障りで聞いちゃいられねぇ音がずっと聞こえるぜ」

ダンジョン攻略組がその音を出しているということだろうか。

何かそういう魔物とでも戦っているというのなら分かるが、その言い方だと、まるでずっとその音が聞こえていたみたいだ。だとすれば、魔物というわけでもなさそうだが。

「ま、お前は気にしなくていい。お前にはあまり見せられねぇもんだしな」

「どういう……」

「お前は流行に疎《うと》い方が良いんだよ」

「はい？」

言っている意味が分からない。

ヒギルはどうも何かを隠しているようなのだが……、その内容は知らない方が良いときた。

「それより、行くぞ。どうやら、もうすぐ最深部のようだ」

「もうすぐって……今から未踏破区域に入るってのに」

「冒険者達も頑張ったみたいだな」

「マジかよ。そんなことまで分かるのか」

「いや？　ただ、近いだけだ」

「近い……？　お前の言ってること時々わけ分かんないよ」

含みを持った言い方が好きなのか何なのか知らないが、彼の考えていることがいまいち読めない。

「クルリは……もう何となく勘づいてるみたいだがよ」

「クルリが？」

「クルリの立場からすれば複雑だろうから、俺は言わねぇが、言うかどうかはクルリに任せるよ。ただ、聞かねぇ方が良いとは思うがな」

ライルはクルリの方に視線を移す。

クルリは視線を逸らし、複雑そうな表情を浮かべる。体力の消耗で表情を曇らせていたのだと思っていたが、もっと違う理由があるみたいだ。

「なんだよ二人して……」

「ご、ご主人様が言えというのであれば……言います。で、ですが……やはり……。いえ……あの……」

とても言いにくそうに視線を泳がせ口ごもる。

ライルは優しくクルリに言うよう促《うなが》す。

「えっと、その……ですね……」

その後クルリの口から話を聞き、ライルは表情を歪ませた。

「だから聞くなと言ったのに」

その事実を既に知っていたヒギルは、やれやれと呆れ顔で呟き、今にも駆け出しそうなライルをいつでも止められるような位置に立った。

ライルはその衝撃的な事実が受け入れられず、半ば放心状態になりつつも、憤りを全身で表していた。

「奴隷を……囮《おとり》に……？」

それはダンジョン攻略組の中ではもはや当たり前となっている、奴隷を囮にして魔物を狩れば死傷者を出さずに進めるという、『画期的な』攻略方法だった。

ヒギルがずっと聞いていた『耳障りな音』というのは、攻略組及びダンジョンに挑む冒険者達の間で流行っている『奴隷囮作戦』で、囮にされて魔物から逃げ惑っていた奴隷達の声だった。

どうして言わなかったと問いただすと、ヒギルは「てめぇがそれを聞けば、助けに行くなんて言い出すんじゃねぇかと思ったんだよ」と答えた。

「お前が助けに行ったところで何の意味も無い。少なくとも下金種を相手にしている冒険者だ。そいつらがお前の言うことを聞くと思うか？　お前がそいつらをどうにかできるか？　ありえねぇだろ。下手すりゃ反感買って死ぬぞ」

そうヒギルが現実を突きつける。事実、その通りで反論できない。

だがこの気持ちはどうすればいい。

以前ならいざ知らず、今はクルリという奴隷の少女と繋がりを持ってしまったがために、奴隷というだけで他人事ではなくなってしまう。

だが、どうにもできない自分の無力さが歯がゆい。

「言っておくが俺は助けてやらねぇからな」

それは重々承知だ。頼むつもりもない。

もしも力尽くで奴隷を助けたとしても、不利になるのはこちらだ。冒険者が生きていようと死んでいようと奴隷を奪った犯罪者として追われることになる。

そして彼らは何の罪にも問われないだろう。倫理的に正しいかどうかはともかくとして、奴隷は所有物扱いなのでどう使おうと勝手なのだ。

つまり、今助けたところで、ライルが他人の所有物を奪った犯罪者になるに過ぎない。

それに、奴隷を助けてその後どうする。

奴隷輪は無理やり外せないような仕組みになっており、外すには主人の許可が必要。主人が死ねば誰一人として解除できないため、無条件で廃棄処分される。

そんな奴隷を抱える余裕なんてそもそも無い。

「分かってる……分かってるんだ……！」

ライルの悲痛な叫びはダンジョン内に反響し、虚《むな》しく消えた。

「俺はこうなることが分かっていたから言いたくなかったんだぜ？」

本来なら他人のことだ。気にかける必要すら無いのだから、ここまで落ち込むことも怒ることも意味はない。

「ぁ……」

「チッ」

クルリとヒギルのその反応で、奴隷が死んだのだろうと悟った。

助けられたかもしれない。助けられたかもしれないのに。

「仮にあの奴隷を助けたところで『流行』は終わらねぇよ。上層でもそうだったが、このダンジョン内では同じようなことがいくつも行われている」

言われてみれば、ヒギルは最初から不快な音を聞いていた素振りを見せていた。

「魔物と戦っていた冒険者が死ねば、装備も奪えて一石二鳥だ」なんて言っていたのも、ライルが囮奴隷について知る機会が減って、一石二鳥ということだったのだろう。

「ここで奴隷を救ったとして、上層の奴らはどうする？　これからやってくる奴らはどうする？　ずっとダンジョンで奴隷を救済し続けるのか？」

無理だ。

そんなことは不可能だ。

「受け入れろとは言わねぇが、お前が思い悩むことでもねぇんだよ。お前にはどうにもできねぇし、関係もねぇ。見て見ぬ振りをするんだよ」

「そう…………だよな……」

ヒギルは慰めているつもりなのだろう。

それでもライルの表情が晴れることはなかった。

◆　◆　◆

ダンジョンの最前線で戦っている冒険者は皆上級。

超級以上になると、ダンジョン攻略以上においしい仕事が多数あり、ダンジョンにかまけている暇などなくなる。それが攻略の遅れにも繋がっているのだろう。

だからこそ、こういうことも起こるのだ。

「クソッ！　もう囮がいねぇ！」

「撤退するぞ！」

「分かった！」

突如出現した中金種三体のせいで、それまで順調だった攻略が阻まれた。

囮に使っていた奴隷は即座に殺され、残った冒険者だけでは三体の中金種を相手にはできない。

魔物は唸り声をダンジョン内に轟かせ、牙を剥いて冒険者達と対峙している。

その内の一匹が走り出し、巨大な黒爪で冒険者に襲いかかる。

冒険者は、その巨体からは想像もつかないような速度で動き回る魔物に手も足も出ず、あっけなく一人の命を散らす。

「一人やられた！　早く撤退しろ！」

「ダメだ！　囲まれている！」

騒ぎで引き寄せられた下金種によって退路を絶たれてしまった。冒険者は為《な》す術《すべ》がなくなる。

「どうだ、ライル。少しは気持ちがスッキリしたか？」

そう言ったのは、その光景を見ていたヒギル。

ライル一行は、冒険者が襲われている様子を、遠巻きに眺めていた。

時折聞こえる冒険者の叫び声と、魔物の鳴き声。

石ころのように飛んでくる冒険者達の四肢や臓物。それをただ、眺めている。

ライルは拳を握りしめ俯き歯を食いしばりながら、ただひたすら一点を見つめていた。そこにあったのは無惨にも殺されていた奴隷の死体だった。

ほぼ原型を留めていなくとも、腕にはめられた鉄輪や、首の奴隷輪で分かる。

冒険者は残り数名となり、より一層不利な状況へと追い込まれていた。

もう既に半数が死亡し、残りの半数も顔を絶望の色に染め、必死に武器を握りしめている。

「あの奴隷も……あの冒険者のような表情をしていたのだろうか……」

「さぁな」

自業自得だとか、因果応報だとか、そういう類の言葉が当てはまるかと言えば、それは少し違うかもしれないけれど、ただいい気味だとは思った。思ってしまった。

「で、どうよ感想は。お前が直接手を下したわけじゃねぇけどよ」

「あぁ……最悪の気分だ」

何もできず、ただ事の顛末《てんまつ》を見守るだけ。解決もしていないし、悪化もしていない。

これからも冒険者達は同じように奴隷を使うのだろう。

彼らがここで死んだとしても何も変わらない。それは、ライルがどうしようとも同じ結果だっただろう。だからこそ、最悪の気分だ。

自分の無力さを痛感し、世界の非情さを知らされる。

ましてやこんな、冒険者達が死にいく姿を眺めるだなんて、ただの憂《う》さ晴らしでしかない惨《みじ》めな行為で、気分が軽くなっている自分に嫌気がさす。

「お前なら……それでもあいつらを助けるだなんて言いそうだけどな」

「俺もそこまで聖人じゃない……。助けるべきかどうかじゃなく、助けたいかどうかで決めるさ。俺はあいつらを助けたくはない」

「はん、そっちの方がよっぽど人間らしくて良いんじゃねぇかな」

「それに、ダンジョン内での人助けは、御法度だ」

「言い訳か？」

「あぁ」

もしも何かを間違っていれば、自分も同じようなことをしていたんじゃないかと思うと、彼らを責めて良いのかも分からなくなる。

元々奴隷を買おうと思ったのも、悪くいえば『安くてこき使えて反抗しない奴隷が欲しかった』という理由でしかなかった。

例えば反抗的な態度の奴隷だったら、果たして今と同じような扱いをしていただろうか。

たまたま情が芽生えただけで、芽生えていなかったら、彼らと同じようなことをしていたんじゃないか。それが否定できないのだ。

「自己満足で結構……か」

それはクルリを買うと決めた時に思った、自分を納得させる理由だった。

クルリが殺されると知って『助けたいと思ったから』買った。買おうと思った理由も、買うと決めた理由も実に浅ましい。

ただライルはこれを機にとあることを決めた。

それこそ単なる自己満足で自慰行為でしかない。

自分を慰めるだけの、虚しい行為でしかない。

もっと早くそうしていればまだ救いもあっただろうに、そうしなかったのは、どこかで自分が彼女を見下していたからだろう。彼女を信用できていなかったからだろう。

復讐を恐れ、報復に怯え、いつまでもその枷《かせ》を解かずにいた。だがそれも今日で終わりだ。今日でけじめを付ける。

いっそ殺されても良いなんて自暴自棄《じぼうじき》になりながらも、ライルは独り虚空に言葉を落とすのだった。

「クルリの奴隷輪は今日で外そう」

◆
◆
◆

攻略組冒険者全員を亡骸《なきがら》へと変えた魔物達は、後方にて傍観していたライル達へと狙いを変えた。

中金種三体だ、そう簡単には……などという説明はもう聞き飽きただろうから省略しよう。

魔物、死んだ。

「ここから先が、正真正銘の未踏破区域だ。気を付けろよ」

ライルは落ちているアカシを拾いながら、近くで待ってくれているクルリとヒギルにそう言った。

「一番気を付けなきゃなんねーのはお前だろーがよ」

「それもそうだな。でも……」

「でも？」

「いや、何でもない。多分、気のせいだ」

ライルは最後のアカシを拾い、立ち上がった。

採集ポイントは5万近く溜まった。

もしも何らかのトラブルがあって資金が必要になった時でも、マズイの実を生成するなどして、役立つかもしれない。

それもこれも、『クルリに殺されなければ』の話だが。

ライルの傍で健気《けなげ》にも『感知』スキルを発動させ、いつでも戦闘に入れるように警戒を怠らないクルリ。このダンジョンを出た後、彼女に殺される可能性があるのだ。

クルリは心配そうにこちらの顔色を窺っている。不安が表情に出ていたのだろうか。

ライルは表情を取り繕う。

「どうかしたかい？」

「い、いえ……何でも……ありません……」

この子は今ライルのことをどう思っているのだろう。

奴隷輪を外すというのは自殺行為に近い。余程の信頼関係を築いていないと、そんなことはできない。そして、ライルとクルリにそんな信頼関係は無い。

思えばたったの十数日、共に過ごしただけの間柄だ。

確かに距離を縮める出来事もあった。だが逆に、距離を広げてしまう出来事もあった。

奴隷と主人という関係から、何ら進展はなかったのだ。

◆　◆　◆

深層の魔物はほぼ中金種だった。

今はヒギルがいるからそう感じないのだろうが、冒険者からすれば地獄でしかない。

常に近くに魔物がいるような状態で、襲いかかってくる魔物も上層で戦った奴らとは桁違いの強さ。気を抜けば死んでしまうだろう。

ヒギルはともかく、クルリは下金種相手でも少々苦戦していた。さらに中金種が相手となると、かなり手こずっているようだ。

　クルリの表情に焦りが見て取れる。

「ライル！　下がれ！」

「あぁ……！　すまん！」

　ずっと足手まといであることには変わりなかったが、それでもクエストをこなしていた上層とは違い、今じゃ正真正銘の足手まといだ。

　採集スキルさえあれば充分だ、などと言っていた頃が懐かしい。今じゃ非力であることに悔しさすら感じる。

「足手まといだなんて思ってねーから、安心しな」

　そうヒギルは言ってくれる。

　まぁ彼にとってみれば、弱すぎる魔物に対して軽いハンデでも背負っている気分なのだろう。

　事実剣を振るう彼からは余裕しか感じないし、どんな魔物もあっさりと倒してしまう。

「大体、ここに連れてきたのも俺なんだからよ。それで邪魔だなんて思ってんならそりゃ横暴ってやつだぜ」

「でもよ」

「俺はおめぇに戦闘能力を期待しちゃいねぇよ。おめぇは『そこにいれば良い』んだからよ」

「恋人かっつの」

出会った当初、魔剣幼女に対する態度を見ても思ったが、ヒギルは時折とんでもなく気色の悪い発言をする。何かに秀でている者は、総じて変人奇人ということなのか。

そこにいれば良いだなんて、魔剣の幼女にでも言っていれば良いものを、何故突然ライルに対して言ってきたのか。

もしやヒギルにはそういう癖が……自身の貞操に危うさを感じ始めたライルであった。

◆ ◆ ◆

この層へ辿り着くための階段は、他の層の階段と比べて妙に長かった。

その理由が分かったのはしばらく進んで、どの階層にも存在した『広場』に該当する場所に着いた時だった。

広場が妙に広いのだ。しかも平面的な広さだけでなく、高さも含めて広いのだ。十三本ある柱も他と比べて桁違いに大きく、刻まれた絵も他とは比べ物にならないくらい細かい。

さらに言えば、今まで十三本もあった道が、今回はライル達が来た方向と、反対側の計二本しか無い。

明らかに他とは違う。そう理解するには充分な材料だった。

「広場ってことは……」

「だろうな」

「しかも、魔物が来る道はたったの一本……。こりゃ凄いのが来るんじゃないか……？　頑張ってくれよ、クルリ、ヒギル」

応援しかできない。オークは倒せても、ライルは中金種などとは戦えないのだ。

「来るぞ」

ヒギルとクルリはそれぞれ剣を構える。

直後、この広場の奥へと続く道、先の見えない暗闇から、大陸が吠えたのではないかというような凄まじい咆哮が、塊となってライル達に叩きつけられた。

「ぐぁっ……！　耳が……！」

音圧で耳が根こそぎ削られるのではないかという錯覚に陥る。

どんな声帯をしていたらこんな恐ろしい声が出せるというのか。

「おわっ！」

ライルが必死に耳を塞いでいると、突然足首に衝撃が走り、体が空を舞った。

一瞬何が起きたのか分からなかったが、どうやらヒギルがライルの足を思いっきり蹴って転ばせたらしい。

一体何故。そう考える暇もなく、ヒギルの足がライルの体を捉え、地面にうつ伏せになるように固定した。

それとほぼ同時に、ライルの頭上を、物凄い速度で何かが通過していった。

それはライル達が通ってきた道へと飛んでいき、何かと衝突して爆音を上げた。

これを回避させるためにライルを転倒させたのだろうか。他にやり方はなかったのか。

「起きろライル」

ヒギルは自分が転ばせたのにもかかわらず、白々しくもそんなことを言ってのける。

そして両脚を使ってライルの体を持ち上げ、ライルを直立状態にさせた。

「た、助かった……けどもう少し他にやり方は無かったの……」

「助かっただけありがたいと思いな」

「危うくなんか色々吐き出すところだったよ」

「そんなことより」

そんなこととはなんだ。

「だいぶやべぇのが来ちまったようだぜ。流石ダンジョンと言ったところか。こりゃ苦戦するぞ」

「まじ？　お前でも苦戦するとかあんの」

「俺を超生物か何かだと思ってるんなら今すぐその妄想はやめな。俺にだって無理なもんは無理だ。にしても……こんな化け物が最後とはな。予想外だわ。まるで…………ってあぁ、そういうことね。だったらちゃんと躾《しつけ》しとけよな」

いつもの意味深な独り言を自己完結させたヒギルは、いつもよりもさらに深々と構えた。

瞳に宿る色も一層濃くなり、殺戮者《さつりくしゃ》を体現している。

「来た」

その一言を合図に、空気がひび割れ、何かがこの空間に乱入してきた。

姿が全く見えないそれは、クルリよりも、ヒギルよりも、遥かに素早く縦横無尽に広場の中を移動している。

殺意が散り散りに多方向から向けられ、体の至る所に刺さる。

空気が不規則に空間を動き回り、音が遅れて衝突する。

そしてライルが瞬きをしたその時、剣と何かが衝突する音が耳を劈《つんざ》き、火花が頬を焦がした。

ヒギルが剣で受け止めたことによって露わになったその姿は、まるで骸骨《がいこつ》の集合体だった。

ただ、その全てが肉で出来ていた。見た目とは裏腹に非常に硬質で、ヒギルの剣とぶつかっても傷ひとつ付いていない。

化け物は静かに呼吸音をあたりに響かせ、眼球があるはずの位置にある空洞をいくつもこちらへ向けている。骸骨の形をしているからか、眼球は存在しない。

「キモすぎる！」

ライルが悲鳴を上げ、両手を抱きながらすくみ上がる。

女子か。

「やがて種火は炬火《きょか》となり――」

ヒギルが化け物を押さえている間に、クルリが詠唱を始めた。だが——。

「クルリ！　こいつに魔法は効かねぇ！」

ヒギルが叫ぶ。

同時に化け物はヒギルの剣を弾き、一呼吸も置かない内にクルリの目の前に迫った。

「チィ！」

剣を弾かれたヒギルは即座に体勢を立て直し、数瞬遅れて飛び出す。

空気抵抗を減らす低姿勢。もはや地面と並行になりながら駆け、剣を伸ばした。

クルリも詠唱を破棄して、剣を振るう体勢へと入る。

だが両者共々タイミングが僅かに遅く、完全に剣を振る前に、化け物の腕はクルリを襲った。

二人の剣は化け物の腕に触れるも、盛大に火花を散らして弾かれ、勢いを殺すことなくクルリに吸い込まれていく。

ことはなかった。

「へ？」

化け物の腕はクルリの顔面に当たることなく、そのスレスレを通り過ぎたのだ。

目の前を頭蓋で作られた腕が通過する様を見て理解が追いつかないあまり、ライルは素《す》っ頓狂《とんきょう》な声を出してしまった。

避けた、というわけでもない。

外した、というわけでもない。

あれは完全に故意だ。当てなかったのだ。

何故？　その疑問が頭を過《よ》ぎる。過《よ》ぎった時にはもう次の段階へ来ていた。

クルリに殴打を当てなかった化け物は、勢いを殺さずに一回転し、真横で剣を伸ばし無理な体勢を取っているヒギル目掛けてその腕を振り下ろした。

「狙いは俺か……！」

気付くのが遅かった。

クルリを助けるための無理な体勢で、さらに剣を弾かれたヒギルに向かって、容赦なく殴打が襲いかかる。

この化け物はこれを狙っていたのだろうか。わざわざ一旦クルリを襲うふりをして、助けに入ったヒギルに渾身の一撃を食らわす。

だとすれば、思惑通りに事が進んでいるではないか。

化け物の腕はヒギルの背中に直撃。避ける余地など無い。

ライルはその時初めて人間が地面に打ち付けられて跳ね返る姿を見た。人間は、跳ねるのだと、初めて知った。

「ごぁ」

一瞬で圧迫された臓器が肺を押し、ヒギルの口から声を吐かせた。

そして訪れた空白。

心の臓が動く一拍にも満たないその僅かな合間。地に打ち付けられ、体を浮かしたヒギルが、地面を両手で押した。

たったそれだけの行為でヒギルの体はふわりと立ち上がり、化け物の追撃はヒギルに当たることなく地面に食い込んだ。

二撃。化け物は地面に食い込んだ腕など構わずに、更なる追い討ちをその脚でヒギルの顔面めがけて放つ。

だがそれさえも、ヒギルは弓のように身を反らせて回避。

それどころか、その体勢で空中から降ってきた何かを掴み取った。

剣だ。

あの時、ヒギルは殴られる直前、剣を上空に放り投げていたのだ。

体を反らせた状態で再度剣を取り、体を半回転。

腕を地面に食い込ませ、脚を空に伸ばしている間抜けな化け物の正面へと立つ。

「図に乗ってんじゃ……ねぇ!!」

握った剣を振り下ろす。超硬質のはずの化け物は、その一太刀で首を失った。

吹き飛んだ顔面は地面を何度か跳ね、転がりながら霧散した。

「勝った……」

そう小さく漏らしたのはライル。だが、彼の期待を裏切るかのように、顔面を失ったはずの化け物は、それでもなお立ち上がった。

「不死身!?」

ライルが驚くが、ヒギルは焦る様子もなく、淡々と説明する。

「コイツはこの骸骨みてぇなの一個一個を切り飛ばさなきゃ死なねぇんだよ……」

ヒギルはどうもこの化け物のことを知っているらしい。

前に戦ったことでもあるのだろう。

しかしそんなことより、ヒギルの言ったこの化け物を殺す方法に耳を疑った。

「そんなの……無理だろ……」

「あぁ無理に等しいな。目眩《めくらま》しやら罠やら仕掛けて一方的に切り刻んでやりてぇがよ……そんなものは効きやしねぇ。目はねぇし罠は壊すし、ほんと勘弁してほしいぜ」

待て、目が無いのならどうやってヒギル達を捉えているのだろう。

例えば『感知スキル』のような何かがあったとする。だとすれば、引っ掛かるのは先の行動。

クルリを狙うと見せかけてヒギルに攻撃したあの瞬間。

あの時、何故ライルを狙わなかったのか。

少なくとも回避や反撃が可能なクルリを囮に使うよりも、何もできないライルを狙った方が断然効率が良いだろう。

ならば音か。だがそれもありえない。

何故ならば化け物がクルリに襲いかかる直前、ライルは悲鳴を上げ、クルリは魔法を詠唱していたのだ。悲鳴と魔法なら悲鳴を狙う方がより囮としては有能だ。

ましてや魔法の詠唱のせいでクルリは飛び出すのも遅れるのだから、結果的にライルの方が的《まと》にしやすい。聴覚でもない。

だったら――嗅覚。

確かにヒギルと化け物が剣を交えている時に、化け物の方から呼吸音が聞こえた。

「だがこれも、俺が襲われない理由は……あっ！」

あった。

このダンジョンに来て、ヒギルとクルリがやっていなくて、ライルだけが行ったことが、たったひとつだけあったのだ。

試しにライルは自身の体臭を嗅いでみる。戦場で何をしているのだという話だが、今のライルにはこれしかやることがない。

「泥臭い……」

ライルはこのダンジョンにやってきて、ひたすら穴に体を突っ込み、泥まみれになってガンバナライト鉱石を採集し続けていたのだ。

故に泥のにおいを存分に放っている。もっと言えば『ダンジョンのにおい』を放っているのだ。

どんなにヒギルを引き付けようとする作戦でも、流石に泥目掛けて突っ込む馬鹿はいないだろう。

だからこそ彼は狙われなかったのだ。

まさかこんなところでガンバナライト鉱石採集の成果が出るとは思わなかった。

しかし嗅覚で敵を捉えているからといってどうなるというのか。

そんなこと、戦いには関係ないではないか。そう思うのが普通なのだが、ことライルに関してだけ言えば、これが関係してくる。

「こりゃあ俺にしかできないな……」

絶対と言い切る自信がある。

何せそんな戦法を他の人間がとるのなら、もはやそれは自殺行為に等しいからだ。

ライルは覚悟を決めて、先程から必死に化け物と交戦しているヒギルに向かって叫ぶ。

「ヒギル！　そいつを少しの間で良いから止めてくれ‼」

「あぁ⁉　何で！」

「良いから！」

「チッ！　分かったよ！」

ヒギルは苦しそうな表情を浮かべながら、必死に堪え、化け物の攻撃を剣で捌《さば》いていく。

「俺ですら吐いたんだ……。ましてや嗅覚で敵を捉えるってんなら、俺以上の嗅覚の持ち主ってわけだよな、化け物……」

ライルは脳内採集図鑑を開き、とあるものの項目で止め、走り出す。

ちょうど良くヒギルが化け物の動きを止めた。

「喰らえ化け物！　これが！　殺人級世界最強悪臭兵器！　モウサンジカのウンコだァーッ!!」

瞬間、ライルは化け物に向けて手のひらを翳《かざ》し、一斉に脳内図鑑のモウサンジカの項目から、モウサンジカの糞を大量生成し始めた。

途端にライルの手からは無数のモウサンジカの糞が射出される。

「なははははは！　クルリとヒギルのおかげでポイントは幾らでもあるんだぜぇ！　うんこ地獄で死に晒《さら》せ化け物がアぁ！」

どばどばと糞が化け物に直撃し、化け物は一瞬で糞まみれになる。

結果は言わずもがな、化け物は全身を掻《か》き毟《むし》るように、その場でのたうち回り始めた。

同時にあたりに凄《すさ》まじい悪臭をばら撒き始めた。これはこれでとんでもない被害を受けかねないので、ライル達は全員全力で後退した。

「ハハ……作戦成功……」

「臭すぎる……」

「酷《ひど》いにおいです……」

三人とも鼻をつまみ顔をしかめている。

ライルだけは妙に嬉しそうだ。

初めて採集スキルを使った時に、手からうんこを出す感覚みたいだとは言ったけれど、まさか本当に手からうんこを出す日が来るとは思わなかった。

数十秒が経った頃には、悪臭に耐えかねた化け物の体が端から霧散し始めた。どうやら死んだようだ。

相手を怯《ひる》ませられればとは思っていたが、まさかモウサンジカの糞であの化け物が絶命するとは思わなかった。

「恐るべしモウサンジカ……」

「このくせぇのはどうにかなんねぇのかよ……」

「ならないよ」

クルリとヒギルは分かりやすくしかめっ面をする。

仕方ないだろう。

もう一度倉庫に仕舞えば臭いも消えるだろうが、そのためには触らねばならないのだ。

流石のライルも、もうあれには触りたくない。

「まぁ良いだろ。倒せたんだし、さぁ先行こうぜ」

「うわっ！　近寄るなよ」

「なんだよ酷いなぁ。待てぇ」

「うえっ！」

ライルは両手をあげてヒギルを追いかける。

もちろんライルがヒギルに追いつけるわけもないのだが。

◆　◆　◆

あの広場からは早々に退散して、奥の一本道へと進んだライル一行。

「どこへ繋がってるんだろうな」

「さぁな……」

「何だよ反応薄いな」

「そうか？　そうだな。直《じき》に分かるさ」

「？」

ライルは頭上にクエスチョンマークを頭上に浮かべながら首を傾げる。やっぱりヒギルの様子は何かおかしい。

ダンジョンの奥に何かあるとでもいうのか。彼の思惑が掴めないまま、結局こんなところまで来てしまった。

「数十人単位で挑んでるダンジョン攻略組を差し置いて、たったの三人で攻略して良いのかな。いや、ほとんどがヒギルとクルリで、俺はうんこを出したくらいなんだけど……」

「そうだな。でも、あれがなきゃ倒せなかったかもしれんがな」

「感謝しろと言いたいところだけれど、うんこってのがなぁ。不名誉だよ」

「糞の役にも立たん奴よりはマシだろ」

「糞で役に立ったからか」

あの化け物以降魔物すら現れておらず、そのせいか会話が驚く程にダンジョン内に響く。

「何も出てこねぇな」

「……ねぇヒギル。ずっと気になってたんだけど、このダンジョンに来たことがあるの？」

「ねぇよ」

「その割には何か色んなことを知っているふうだったよね。最奥が近いってことも知ってたし、あの広場の機能も知ってたし……」

「事前知識くらい誰にでもあるだろ。気にするな。『黙ってついてくればそれで良い』んだよ」

ヒギルはいつぞやも同じようなことを言っていた。あの時は「そこにいれば良い」だなんて恋人のようなことを言っていたか。

「なんだかなぁ」

「いずれ分かるっつってんだろ。そうカッカするなよ」

もうすぐ最奥だというのに何をそこまでひた隠しにしているのだろうか。まるでライルに知られちゃまずいみたいな感じだ。

もろもろ疑問が湧き上がってきたライルと、その疑問を今の今までなんとか抱かせずに成功したヒギル。彼らがようやく辿り着いたのは、全てが石レンガで囲われた大きな部屋だった。

壁や柱には広場同様に十三骸獣の模様が描かれ、中心には石でできた台座のようなものがひとつあった。

そしてその中心には誰か、いや何かがいた。

「まさか……本当に連れてくるとはのう……」

その声を聞いた瞬間、ライルは抱えていた疑問を、湧き上がっていた疑問を、一点に集約することができた。

なるほど。ヒギルの不可解な言動も、その理由を言いたがらなかったわけも、わざわざこのタイミングでダンジョンに連れてきた理由も、おそらくそういうことなのだろうと、理解した。

確かにこれは、最初から聞いていれば帰りたくもなるような、馬鹿らしい茶番だった。

「あぁ……嬢ちゃんの出した条件……『ライルとクルリをダンジョンの最深部まで送り届ける』を、見事クリアしたぜ」

そこにいたのは、台座の上に座っていたのは、以前森の洞窟で出会い、ヒギルが命を賭して追い求めていた、あの魔剣の幼女だった。

「よもや、あの下僕を倒すなどとは思わなかったわい……」

「苦戦したが……最後はライルが大活躍したんでな」

ヒギルと幼女が会話している。ライルとクルリはその状況をただ呆然と見ることしかできない。

「お主だけでも殺せれば良かったんじゃがな……」

「ああも露骨に俺だけを狙ってくるなんて思わなかったよ」

そう言えば、あの化け物の攻撃は確かにクルリを捉えず、無理やりにでもヒギルを狙っていた。あれがヒギルを引き付けるだけでなく、『全員と戦っているように見せるため』の行動ならば、確かに納得もいく。

いやしかし初撃で何かを投げてきた時は、その軌道上にライルがいたのはどうなるのだろうか。

ヒギルだけを狙っていたのならばあれは、と考えたところで思い出す。

あの化け物はライルを感知できていなかった。

つまり、狙うことも、狙わないこともできない。

あれはおそらくヒギルを狙った投擲《とうてき》だったが、同時にライルもその線上にいたということか。

偶然の産物とはいえ、その偶然のおかげで『ヒギルだけを狙っている』という違和感を消すことができた。

まるで三人全員を相手にしているような錯覚を、植え付けることに成功したのだ。

「ダンジョンを起動し邪魔もしてみたのじゃが……意味がなかったようじゃし。ふん、妾の負けじゃい。好きにするといい」

「はっ、嬢ちゃんは甘いんだよ。あの下僕でライルかクルリを殺せば、その時点で俺の負けだったよ」

ヒギルがクルリを必死に守ろうとした裏にはそういうわけもあったと。

「小童共を連れてくる時点で、この子らに嫌われておるお主じゃ無理だと思ったんじゃがな」

「クルリならともかく、ライルなんてキノコがありゃ充分よ。ま、ありゃ元から渡すつもりだったんだがな」

おそらくこれが仕組まれたのは、一旦彼らと別れ、野宿中に再会するまでの間なのだろう。キモイダケで釣られた自分が情けない。

手のひらの上で踊らされるとは、まさにこういうことなのだろう。

「さ、これで正真正銘、嬢ちゃんは俺のものだ」

「約束じゃから仕方ないとはいえ、悔しいのう。もっと無理難題を押し付けるべきじゃったわい」

「どんなもんでも、俺にかかれば余裕よ」

あぁ、このバカップルはどこまで他人に迷惑を掛けたら気が済むのだろうか。

さっさとこの場を立ち去ってやりたいが、行きと同様に、帰りもヒギルがいないと無理そうだ。上層ならともかく、下層の中金種や下金種を相手にクルリ一人じゃ荷が重い。

「はぁ。そりゃあダンジョンで採集できたことは感謝するけどよ……まさかこんな馬鹿みたいな茶番に付き合わされていたとは……」

ライルがため息混じりにぼやく。

「な？　言っただろ？　『もしかすると明日くらいには会えんじゃね』って」

ヒギルと再会した時に彼が言ってたこのセリフも、無根拠なんかじゃなく、確かな根拠があって言っていたわけか。

あの時点で、この男はここまでの筋書きを完成させていたのだろう。

「腹立つぅ！」

「はっ、気にすんな気にすんな。さ、帰ろうぜ。嬢ちゃんを手に入れた俺は、もう誰にも負けねぇぞ。愛の力だ」

何を言っているんだこいつは、と言いたい。

魔剣の幼女も幼女で赤面しているし、もうさっさと結婚して、どっかよその国で細々と暮らしながら、二度と移動しないでほしい。

彼らはおそらく一種の災害か何かだ。

新たに血なまぐさい幼女が加わったライル一行は、早々にこの場所を退散するのだった。

◆
◆
◆

帰り道、魔剣の下僕と戦った広場を訪れた時に、ふと『そういやあの化け物が飛ばしたのは結局なんだったのか』なんて疑問が浮かんだ。

答えを魔剣に聞こうとしたが、聞き覚えのある咆哮によって遮られてしまった。

それは、この広場に来た時に最初に聞いたあの咆哮だった。

「な⁉　またあの化け物か⁉　下僕は死んだんじゃなかったの⁉」

「何を言うておる。妾の放った下僕は吠えたりなんぞせんわい」

驚くライルに呆れた顔を向ける魔剣。

そんなはずはない。何故ならあの時咆哮が聞こえてから奴が来て、それ以降何もあの広場には入ってきていないのだから。

「いや——そうか、そういうことか」

あの化け物が襲来した時に、それが答えだと勝手に思ってしまっていたことがひとつある。それが『あの広場で戦わなければならない相手』だ。

このダンジョンは既に起動していて、広場に人間が入ると必ずトラップが発動して、魔物に囲まれていた。

あの時戦ったのは、魔剣の下僕に過ぎなかった。ならば『襲ってくるはずの魔物』はどこへいったのか。

答えは明白だ。

「あの時飛んできたのは、コイツだったってわけか……」

そう、ヒギルがライルを転倒させた直後、頭上を通過した『何か』こそが、咆哮の主だったのだ。

正確には例の化け物に蹴り飛ばされ、反対側の通路で気絶していたわけなのだが。

広場に入ったとき、そこにいたのは四足で地を踏みしめ、光沢のある黒色の鱗を纏《まと》った鰐《わに》のような魔物だった。

尾は三本生え、銀色に輝く鋭い双眸でこちらを睨みつけている。

「岩か何かが飛んできたんだと思っていたのだけれど……まさかこんな馬鹿でかい奴が飛んできていたとは……。アレをあの速度で飛ばすって、どんな化け物だよ……」

「それを倒したのはお前なんだぜライル。誇れよ」

「正確にはモウサンジカの糞だよ……誇らしくないや」

「まだそんなこと言ってんのか」

「これくらいは言わせてくれ」

広場に撒き散らしたモウサンジカの糞はいつの間にか消えている。流石ダンジョンといったところか。

道中で死んでいるはずの、例の冒険者達の死体も全て綺麗に消え去っているのだろう。

「で、どうするの。戦うんだろうけど、魔剣を試したいとか——」

「当然だ」

確認するまでもないらしく、ヒギルは魔剣の手を掴んで颯爽《さっそう》と駆け出した。恋人を連れ出す男みたいだなんて呑気に考えながらその光景を眺める。

やけに冷静なライルだが、あのヒギルにあの魔剣を持たせて、あんな魔物如きに勝てないわけがないので、焦りようがないのだ。

大きな力を持つとシリアスなんて消え失せてしまうわけだ。

事実その通りで、剣に姿を変えた魔剣を一太刀振るえば魔物の尾は三本とも吹き飛び、二撃目には魔物の首が飛んでいた。斬れ味も威力も、今までヒギルが使っていた剣とは段違いだ。

上金種くらいはありそうな魔物をああも簡単に目の前で倒されてしまうと、魔物の強度感覚が狂ってしまう。何だか今ならオークを指一本で倒せそうな気がする。もちろん無理だが。

「終わったぜ」

ヒギルが剣を担いで戻ってきた。

その状態で魔剣は幼女の姿へと早変わり。全裸の幼女を肩車するヒギルという絵が出来た。

その後、ライルがアカシを採集し、今度こそダンジョンの外へと向かうのだった。

◆◆◆

ダンジョンの外へ出た時には既にあたりは朱色で覆われ、夕陽が山の向こうへと沈んでいく最中だった。

早朝にダンジョンにやってきて、帰る頃には夕暮れ時とは。長時間労働も甚だしい。

「があぁ、お腹空《す》いた〜！」

朝食以降、何も食べておらず、緊張から解放されたライルの腹は、途端に食物を要求し始めた。

「そうだな。飯屋にでも行くか」

『さっさと妾の服を買わんか！』

「もうしばらく待ってくれると助かるぜ」

流石に全裸の幼女を連れて街を歩くことはできないので、現在魔剣状態になってもらっている。

「クルリは何か食べたいものある？」

「いえ……私は……」

「そ、そう……」

クルリはずっとこんな調子だ。やはり奴隷を囮にしていたのを見てショックを受けているようだ。

気まずい空気が二人の間に流れる。

ヒギルと幼女は何かを言い合っているが、傍から見れば一人でぎゃーぎゃー騒いでいる不審者だ。

「おーい、何してんだ二人とも。行くぜ、飯屋」

「あぁ……うん……」

ヒギルに呼ばれ、ライルは力無く返事をする。

訝しげに思ったヒギルだったが、特に気にせず飯屋へと向かった。

そこではコノメスブタの料理を食べた。

自分で作ったやつの方が美味しいな、なんて失礼なことを考えつつ、ライルは普通を装った。

これからやることは、自分で思っているより億劫《おっくう》のようだ。

◆◆◆

宿に帰ったライルとクルリの間には、依然として沈黙が流れている。

だがそうもしていられない。

「ご飯、美味しかったね……」

「は、はい……」

また沈黙。早く本題に入りたいライルと、ライルが何か言いたげなことに不安を感じているクルリ。

ライルは思い切って口を開いた。

「クルリ、ここ、座って」

床に座ったライルは、クルリを正面に座るよう促す。

怯えつつも、逆らえないクルリは言われた通りに座った。

ライルは息を呑み、意味も無く手を動かす。そんな微動で起きた音すら大きく響く。

「あの――さ」

とうとうライルは言葉を切り出した。

クルリは何を言われるのかと身構える。

「今日でクルリの奴隷輪を外そうと思うんだ」

「え――」

その唐突な発言にクルリは思わず声を上げる。

予想していたような叱責もなければ、自分にとって悪いことを言われるわけでもない。むしろ良いことだった。

何故突然ライルがそんなことを言い始めたのか理解できずに戸惑う。

「今更、遅いのかもしれないけれど……、でも、あんなの見てしまったら……、見せてしまったら……」

あんなの、とはダンジョンでの囮奴隷のことだろう。

クルリはあの事実を早い段階から察していた。だが、ライルに言えなかった。

何故なら『自分も囮にされるのではないか』と思ったからだ。

上層ではクルリの力は通用したが、下層では苦戦を強いられた。そうなればなるほど、役立たずの自分がいずれ囮にされるのではないか、と思ってしまっていた。

「気持ちを軽くしたいだけなのかもしれない……。ただの自己満足だと思う。でも、外すと決めたんだ……。今日で君を奴隷から解放する……」

クルリは俯《うつむ》き何も答えない。

ライルも返答は待っていなかった。

ただ、外そう。その後の反応なんて知ったことではないと。ライルは良くも悪くも自己完結させる人間なのだ。

「奴隷クルリを解放する――」

そうライルが言うと、クルリに嵌《は》められた奴隷輪が紅く淡い光を放ち、魔物が消える時のように霧となって消えた。

これでクルリは解放された。

「これで君は今日から自由だ……。今までありがとう。これから好きに――」

「ご主人様……」

俯いていたクルリが顔を上げ、ライルを見据えた。

彼女の左額に生えた角が髪をかき分け、片方だけ覗いている赤い左目には、一粒の雫が浮かんでいた。

「クル――」

突然、ライルの首に衝撃が走った。

視界が揺れ、気付けばライルは仰向けに倒され、その上にクルリが跨っていた。

どうして泣いているのか、そう問おうとした瞬間の出来事だった。

依然として、クルリの瞳には涙が浮かんでいる。

「ク……ルリ……」

ライルはもう一度クルリの名を口にした。クルリに首を絞められながら。

呼吸ができない。

無意識にクルリの腕を掴むが、『剛腕』スキルを持っている彼女の腕はびくともしない。

おそらく本気で絞め殺そうとはしていないのだろう。

そうでなければ、とっくに首が引きちぎれて死んでいるはずだ。

「がっ……ぁっ……！」

報復されるかもしれない、殺されるかもしれない、そう身構えていたけれど、いざ実行に移されると受ける衝撃は段違いだ。

彼女がどういう気持ちでライルの首を絞めているかは分からない。だが、分からずとも彼女の瞳は何かを必死に伝えている。

許容量を超えた涙は頬を伝い、ライルの首のあたりに落ちる。

首を絞める手は依然として緩まず、ライルの呼吸を遮っている。

肩を震わせ視界を歪めつつ、クルリは静かに言葉を紡ぐ。

「あなたは……奴隷輪で首を絞められたことが……ありますか……」

彼女が吐くようにして震えながら出した言葉に、ライルは返答することができない。

「あなたは……あの痛みを……苦しみを……知っていますか……」

もちろん知らない。知る由もない。何故ならライルは奴隷ではないから。

「私は……あなたに感謝しています……」

彼女が感情を露わにするのを見るのは初めてだ。

声を震わせ、肩を震わせ、指を震わせ、瞳を震わせ、涙を落としながら紡ぐ言葉には、初めて感じる彼女の意思があった。

「私をあの場から連れ出してくれたことも……私に食事を与えてくれたことも……私に力を授けてくれたことも……私に服を与えてくれたことも……私を助けてくれたことも……全て、全て、全て感謝しています……」

言葉から、声から、瞳から、そして彼女の手から、それが心からの感謝であると伝わってくる。

時折手が緩み、その都度僅かに呼吸ができる。

返答にならない呼吸音で、ライルは何とか彼女の感謝に答えた。

「でも」と、彼女は続ける。

「私は……私はずっと怖かった……」

ライルがどれだけ距離を縮めたと思っても、時間が経てば彼女は怯えていた。まるでそれまでのことがなかったかのように。

「この奴隷輪が……いえ、あの奴隷輪が……私の首にあることを確認する度に……私はあの時のことを思い出しました……」

あの時。

ライルがクルリに落ち着いてもらうために放ったたった一度の命令。

「息が止まり、心臓を掴まれたような気持ちになりました……。視界が途絶え、音が消え、私は……私は……私は一人、たった一人で、何かに首を絞め続けられ……長い間、暗く狭いどこかに置かれました……」

そんなはずは……と言いたいが、声は出ない。

たったの数秒間のはずだった。それだけの間だったはずだ。だがクルリは言う。辛くて苦しくて死にたいと何度も願ったと。それが奴隷輪だと。

元々奴隷輪は、奴隷が逆らわないようにするための道具。『首が絞まる程度』じゃ言うことを聞く奴隷なんてほとんどいない。

だからこそ、それほどの苦痛を一瞬で与えるのだ。

「私はあなたが怖かった!!」

涙雨がライルに降り注ぎ、暗い部屋の中、赤い瞳がライルを刺す。

初めて聞いたクルリの悲痛な叫びが鼓膜を打ち、彼女の言葉が心を引き裂いた。

「いつまた奴隷輪を使われるのかと……いつまたあの世界に放り出されるのかと……私は……私は……」

彼女がこんなことを思っているなんて、ライルは知らなかった。せいぜい軽く怯えられているだけだなんて、そんな生ぬるいことを考えていた。

ライルはいつでも奴隷輪を外すことができた。

だが、内心では信用していなかった。外せば報復されるのではないかと、無意識に怯えていた。

今更『もう報復されても良い』なんて考えたところで、遅かった。

「私は奴隷です……だから、奴隷輪を付けるのなんて当たり前です……それが当然です……。粗相をすれば叱責されるのも当然です……。分かっています。外してほしいなんて思うのはおかしいことだと分かっています……でも――」

彼女のその眼光にライルはおののいた。

「だったら優しくなんてしてほしくなかった‼　希望なんて与えないでほしかった‼」

ライルは彼女のことを、あくまで奴隷として扱っていた。奴隷輪を解除するまでずっとだ。

その態度はクルリにも伝わっていたのだろう。だからこそ自身の身分を常に意識し、叱責に怯えていたのだ。

しかし一方で、ライルは生半可に彼女を人として扱った。

「あなたが私を人のように扱う度に、私は人なのだと自覚した。してしまった！　だからこそ余計に私の首に巻かれたあの奴隷輪が怖かった。まだ……自分が人間じゃないと錯覚していた方が、全然ましだった……」

彼女が声を荒らげる度に首を絞める力は増し、彼女の言葉が弱くなる度に首を絞める力は弱まる。

「私はあなたに感謝しています…………。感謝、しているんです……」

呼吸を荒くして感情の赴《おもむ》くままに言葉を走らせていたクルリは、やがて落ち着きを取り戻し、言葉も元に戻す。

「あなたが作ってくれたあのスープ、とても美味しかったです。あなたと食べた野ハチゴも、シバオイダヌキも、全部、美味しかったです。あなたと一緒に採集をするのは楽しかったですし、あなたと冒険するのも楽しかったです。あなたの夢の話は面白かったです。冒険者に襲われた時は怖かったですけど、助けてくれたことは嬉しかったです。あれもこれも、私にとっては良い思い出で、あなたのことを好意的に見てしまった原因です……」

いつしか彼女はライルの首を絞めることも忘れ、ただ手を添えているだけになっている。

それでも彼女の複雑な表情を見ると、言葉と息が詰まる。

「あなたは良い人だと思います……私が会ってきた人々の中では一番、良い人……」

そんなことはない。自分は自己中心的で、利己的で、決して良い人なんかではない。そう否定したかったが、それはできなかった。

そして彼女は一層弱々しく言った。

「だから……どうしていいか……分からない……」

彼女は彼女なりに色々と溜め込んでいた。

今すぐライルを殺したいと思っている彼女もいれば、そうしたくない彼女もいる。

「私は、どうすれば……どうすればいいんですか……」

そう問う。問わなければ気が済まないようだ。

「ねぇ……教えてくださいよ……どうすればいいんですか……。教えてくださいよ！　ご主人様・・・様!!」

「クルリ……」

ライルはどう答えて良いのか分からない。名前を呟くしかできない。

「あなたが……死ぬのは悲しい……。でも、私はあなたが怖い……。未だに、怖い……。あなたに貰ったこの力も、あなたからもらった優しさも、大切で、恐ろしい……」

首に巻きついていた手はするりと離れ、ライルの胸元に添えられた。

しばらく二人の間に静寂が訪れる。

ライルの首は赤くなり、クルリの手形がくっきりと浮かび上がっている。うなじにはクルリの爪が食い込んだ傷もある。

だがそんなことなど気にせずに、ライルはクルリの手に己の手を重ねた。

ぴくりと反応する細い手。重力に沿って下に流れる髪。抱きしめれば折れてしまいそうな体に、潤む赤い瞳。見れば見るほど少女でしかないクルリの姿。

彼女は、クルリは、触れれば消えてしまいそうな儚《はかな》さを持っている。

自分はこんな少女に、何を背負わせていたのだ。

そう思った時にライルの口から出た言葉は――。

「ごめんな……」

この一言だった。これ以上でもこれ以下でもない。純粋な謝罪。

こんなことで許してもらえるなんてこれっぽっちも思っていないけれど、ただ、この時は謝りたいと、そう思ったのだ。

「謝罪とか……そういうのじゃなくて……！　そうじゃなくて……！　私は……！」

想いを伝えたいのに言葉にならないクルリは、また涙を流し始め、嗚咽の中、途切れた言葉をいくつも並べる。

最後はライルの上で大泣きし、泣き疲れて眠ってしまった。

結局彼女が何を伝えたかったのか、分からなかった。

謝ることしかできないライルは、眠ってしまったクルリに対してもう一度「ごめん」と呟いた。

◆　◆　◆

翌日、ライルが目覚めたのは床の上。

朝日に照らされ、瞼から光が透けて眼球に感じた眩しさで目が覚めた。

硬い床の上で寝てしまったがために、全身が固まり酷い悲鳴を上げている。

ふと、部屋が何だか広いなと思い、周囲を見回してようやく気付く。

クルリがいない。

奴隷から解放したのだから、彼女は自由だ。その後何をするのも彼女次第。逃げるのも勝手だ。自分の好きなように生きて良いのだから。

「でもやっぱ……寂しいもんだな……」

外はまだ朝霧が立ち込め、活気が無い。鳥の鳴く声がライルの部屋まで響いてくる。

人の声はまばらで、何を言っているかが手に取るように分かる。

八百屋の店長の指示に、魚屋の品出し、船着き場に向かう漁師や、朝帰りの冒険者。彼らの声はあるのに、クルリの声はここに無い。

「朝ご飯……食欲無いや。ギルドにでも行こうかな」

こういう時こそ無心で採集して気を紛らわすのが良い。

ライルは身支度を済ませて宿を出た。


道中、これからのことについて考えていた。

採集の手伝いをしてもらうためにクルリを買ったのだが、そのクルリがいなくなった。

ヒギルや魔剣が採集を手伝ってくれるとは思えない。護衛としては有能だが。

もう奴隷を買うつもりもないし、ヒギルはヒギルで魔剣を手に入れちゃったから、目的はもう果たしているわけで、結局は一人になってしまう。

一人の方が気楽だと言えばそうなのかもしれないが。

「おうライル」

「おわっ！　……ってなんだよ、ヒギルかよ。ビックリさせないでくれ」

「何だよ、普通に話しかけただけじゃねぇか」

「どこが普通なんだよ……」

突如現れたヒギルに対し、ライルは呆れた顔で言う。

「どこ行くんだ？」

「ギルドだよ……」

「採集か。俺は今から嬢ちゃんの服を作りに行くところだ。結局昨日は作れなかったからな。特別製だぜ？」

ぽんぽんと腰に差した魔剣の柄をたたく。街中では喋らないようにしているのか、魔剣は無反応だ。

「そういやクルリ――――は、どこに行ったんだ？」

今、妙な間があったのだが、なんとなく察したのだろうか。

「分からないよ。奴隷輪を外したから、もう俺の知るところじゃない。クルリはどこかへ行ったさ」

「ふーん、へぇー、ほーん」

「何だよ」

「逃げられてやんの」

「ぐぬ……」

ライルはむっとしながら、さっさと行けと手で示す。

ヒギルはそんなライルをにんまりと見つめた後、どこかへ歩き去ってしまった。

「当分はここで金を稼がなきゃだし……ま、その内に答えも出るだろ」

時間はある。ゆっくりと考えればいい。

停滞を望むのは愚かなことだが、今くらいはと自分を甘やかす。

思えばいつもそうしていたな、などと自己嫌悪に浸《ひた》りつつ。


ギルドは賑わい始める時間だった。続々と冒険者達が入ってきて、皆クエストボードの前で唸《うな》っている。

「モウサンジカはごめんだし、マズイの実はなぁ……。あんな騒ぎになるのはもうゴメンだよ。他に金になりそうな物はーっと。うわっ、オイシ草の依頼とかあるよ。この辺にオイシ草とか生えてるっけ……？　全く見てないけど」

ライルは独り言をぶつぶつ垂れ流しながら、採集クエストを吟味《ぎんみ》した。

他の者が皆、武器を担いで意気揚々と出発するのに対し、ライルは採集クエストを受注し、武器も持たずにとぼとぼとギルドを出る。

そう言えばクルリに渡した剣も無くなっていた。

一応父親の形見だったのだが、まぁ良いだろう。

あのクルリが剣を持っていくのは色々な意味で意外だ。まだ戦う気なのだろうか。

「いや、売るのかも。でもそれだったら、現金ごと持っていけば良かったのに」

現金は1レスも抜かれていなかった。

昨日の依頼の分も合わせれば良い額になるので、奪うならチャンスだったはずだ。


「ヒギルに剣でも借りれば良かったかも」

そんなことを思ったのは、森に到着してからだった。

魔剣の放った下僕もいないので、魔物と遭遇する確率は減ったものの、やはり魔物がいる森の中は何だか異様な空気が立ち込めている。

まぁ、一人で逃げるくらいならできるだろう。

幸いにして、この森に湧くのは良くて中銅種、基本的には下銅種。奥に行けばオークみたいな上銅種もいるが、そんなところまでは行かない。逃げることは容易いはずだ。

「あーあ、これじゃスキルの持ち腐れだよ」

ライルが拾ったのは光る玉。スキルだ。

今回拾ったのは『歯軋り』スキル。

ダンジョンでも同じ物を拾ったので、ふたつもある上に使えるかどうかも分からない。誰かに与えれば最高練度になるのだろうが、最高練度の歯軋りとは一体。

そんなこんなで採集して、はや数刻。

目当ての物も採集できたし、後は山菜なんかをいくらか集めていた時のこと。

何となしに背後を振り返ると、粘性の体ゆえに枯葉と泥が付着してしまっているスライムが、枯葉を徐々に消化しながらのそのそと這っていた。

「この森では初めて見たな」

ゴブリンばかりが大量発生し、そのせいで魔素が枯渇《こかつ》したのか他の魔物は出現しなかったため、今までスライムや他の下銅種は見ることがなかった。

ようやく魔素が循環し、多種多様な魔物が現れ出したというわけか。

「にしても、スライムが一匹だけってのは珍しいな……。スライムって群れを成す魔物だと思っていたのに。はぐれか？」

はぐれだからと言って、他の個体と差異があるかと言えば特に無いのだが、なんとなく珍しいので拝んでおこうと手を合わせるライル。

だが、相手は魔物である。

「ま、何かスキルが出れば嬉しいし、スライムくらいならいけるかな」

ゴブリンは人型で気持ち悪いし怖いのだが、スライムは見た目も恐ろしくない上にゴブリンと同じくらい弱いので、ライルでも倒すことができる。

ただ、倒すと言っても武器が無い。

しかし採集倉庫には採集したものがあれこれ入っているので、オカメイノシシの牙を取り出し、簡易的な武器にする。

まさかこんな理由でオカメイノシシの牙を使うことになるとは思わなかった。

さぁ、やってやるぞとライルはオカメイノシシの牙を構える。

魔物の武器も拾えれば良いのだが、魔物の持つ武器は他から盗んだものじゃない限りは消え失せ、アカシを採集しても生成できるのはアカシのみである。

コボルトが扱うサーベルや、オークの槍なんかが生成できれば良かったのだが。

「行くぞスライム！」

ちなみにスライムの体は微妙に麻痺成分が含まれているので、あまり触りすぎると手が痺れる。

あと表皮がちょっと溶ける。スライムを触りすぎて手のひらのシワが薄くなる人もいるらしい。

微弱な酸なので長時間触れるか、継続的に触れるかしない限り、そんなことは起きないので安心して良い。本来は落ち葉や虫の死骸を消化するためのものなのだ。

「俺だってやれるんだ！」

スライム如きで何を意気込んでいるのか知らないが、ライルは元気良く飛び出す。そしてスライムに牙を振り下ろそうとしたが、すんでのところでスライムが弾け飛んだ。

「はぇ？」

素っ頓狂な声を出し、オカメイノシシの牙を空振りし、あやうく転倒しかける。何が起きたのやら。

目が点になったライルは、落ちたスライムの核に見向きもせず状況把握のために周囲を見回す。そしてとある人影を目にする。

「あれ？　ライルさん？」

見覚えのある服に身を包み、光るような白髪を流した赤い瞳の少女。左額に角を生やし、愛らしい口の中からギザギザの歯を覗かせている。

そこにいたのは紛れもなく、正真正銘、クルリだった。

何故ここにクルリが。そう疑問を持つライルに対し、クルリは実に楽しそうに言う。

「まだ寝ているのかと思いましたよ」

そう微笑みかける彼女からは、今まで感じたことのない柔らかな空気を感じる。まるで人が変わったような、そんな印象さえ受ける。

「早めに起きたので、ちょっと採集にでもと思ったんですよ。見てくださいこれ、野ハチゴです。

一緒に食べようかと思いまして」

彼女はライルが持っていたはずの小さめの鞄を持っており、その中から一粒の赤い実を取り出しライルに見せる。荷物の中から小さな鞄が無くなっていたことには気付かなかった。

「えへへ、見てください。私ギルドに登録したんですよ」

そう言って、首にかけた初級冒険者用の小さなプレートを嬉しそうに摘《つま》み、陽の光を反射させる。光のせいなのか、それとも違う理由なのか、彼女はとても輝いて見える。

「クルリ……。どうして……」

「どうしてって……。あ、もしかして私が逃げたとか、そういう勘違いをしちゃったんですか？むぅ、私はどこにも行きませんよ。あなたに逆らうのが怖いとか、そういうんじゃないですよ？」

「じゃ、じゃ何故——」

「克服って奴です。一緒にいれば、怖いとか、そういう感情も少しは和らぐんじゃないかと思ったんです」

胸に手を当て真剣な眼差しで言う。

今までのびくびくと怯えていたクルリとはまるで違う。

ライルよりも身長が低いせいか、頑張って想いを伝える子供のように見えなくもないが、可愛らしさにも勝る真剣さが彼女の瞳には宿っていた。

「だから私はあなたと——ライルさんと旅をすることに決めたんです」

「そのライルさんって」

「あぁ、『ライル』って呼び捨てにするのも不自然ですし、『ライル様』もしっくり来ないですし、『ご主人様』はもう奴隷ではないので却下です。一番しっくり来たのは、やっぱり『ライルさん』なんで」

「そ、そう。好きに呼ぶと良いよ……」

一応クルリの方が年上なのだが、あえて言わないでおく。

「ところでライルさんはどうしてここに？　武器も持たずに。危ないですよ」

「いや……クルリがいなくなったと思って、気を紛らわすために、採集でもしようかなと思ってさ」

「ふむむ、だとすればヒギルさんとはすれ違いだったのですね」

「ヒギルと？　なんで？」

「いえ、ヒギルさんとは朝会っていたので、一応色々と伝えていたのですが……」

そんなはずは。ヒギルは知らなかったはずだ――。

「アイツまさか……知っててあの反応だったのか……!?　道理で妙な間があったわけだ！　ぐぬぬ！」

ということは、恐らく偶然を装ってはいたが、待ち伏せしていたのだろう。

変な登場の仕方だったのはそのせいか。屋根の上で待っていたとかそんな感じだろう。

「くー！　アイツめ、帰ったら文句言ってやるからな！」

ライルは頬を膨らませ、地団駄を踏む。

ぱさぱさと踏まれた落ち葉が音を立て、靴に張り付き宙を舞う。

それを見てクルリはくすくすと笑う。クルリが心から笑っているのを見るのは初めてかもしれない。

「さ、行きましょ、ライルさん」

「え？　どこへ？」

「決まってるじゃないですか。採集ですよ、採集。私、まだ依頼完了してないんですから」

まだって、クルリはライルより先に出たはずなのだが。

ましてや身体能力がずば抜けているクルリなら、『瞬速』スキルや『剛腕』スキルを駆使して、あっという間に終わりそうな気がするのだが。

「クルリ……いくつ依頼受けたの……」

「えへへ、十二個です」

「受けすぎだろ……」

まぁ、張り切りすぎて沢山受ける気持ちも分かる。現に初ダンジョンの時のライルは同じように大量の依頼を受けようとしていた。あの時はヒギルに止められたので良かった。危うく依頼に潰されるところだった。

「あといくつ？」

「三つです。ヒヤク草とかウルオイ草とかばっかりなので、簡単です」

「早いね」

「瞬速スキルを舐めないでくださいよ。ちなみにさっきのスライムで討伐クエストの方は全部完了したので、安心して良いですよ」

「――何か、あれだね。人格変わった？」

「むぅ、そんなわけないじゃないですか。今はとっても気分がいいんです。初めて一人でギルドに行って、初めて一人で採集や討伐をしてると思うと、気分が高まるんです」

確かに言われてみれば、ライルも初めての時はそうだったかもしれない。母親までいなくなった時期だったから、それどころじゃなかったような気もするが。

妙にテンションの高いクルリと未だどんな顔をして良いのか分からないライルは、それから黙々と採集をした。

◆◆◆

それから十日が経《た》った。

春も半ばに差し掛かり、微睡《まどろみ》を孕《はら》んだ風が、桃色の空気を運ぶ。

いつもよりも遅く起床したライルは、瞼を擦りながら言う。

「今日でこの部屋ともお別れか」

あの一件があってからもアドベンで活動を続け、この部屋にも結構お世話になった。机とベッドだけの狭苦しい一人部屋。そこでクルリと二人で過ごした。

隣で寝息を立てるクルリを一瞥《いちべつ》して、ライルはベッドから降りる。

このあたりは大陸の南端に位置するが、春でも肌寒く、恥を捨ててクルリと抱き合って寝たいくらいだった。

伸びをしながら体を動かし、準備運動にも満たない動作で心を落ち着かせる。窓から差す朝日に活気を感じ、今日が絶好の旅日和《たびびより》だと悟る。

「さぁ身支度だ」

昨日の内に粗方《あらかた》荷物は纏めていたのでやることは特に無いが、クルリが起きるまでの間に少しくらいは出発しやすいような状況を作る。

床に置いた荷物を持ち上げたり、床に落ちている小物を拾ったりしているせいか、腰や首が痛い。

「ふぁ……ライルさん……おはようございます……」

「あぁクルリ。おはよ」

衣類を肩まで崩し、危うく胸を晒しかけているクルリは、瞼を擦りながら覚束《おぼつか》無《な》い手で服の襟を直す。

彼女はもう随分と落ち着いた。妙にハイテンションになることもなく、少し気弱な普通の女の子といった感じだ。

それでも奴隷だった頃よりは明るく、話すことも増えた。ライルの挙動にびくつくこともしばしばあったが、今では抱き合えるくらいにまで慣れてきたようだ。

ひとつ変わったことと言えば、クルリの髪が短くなったことだろうか。

以前は膝丈くらいまで伸びていた白髪が、肩より少し下くらいの位置までになっていた。

クルリが冒険者登録した日の夜、頼まれてライルが切ったのだ。

「クルリ、準備して、今日は出発の日だよ」

「そうでしたね。まだちょっぴり眠たくて……うとうとと……うと……」

クルリが前のめりになり、危うくベッドから転げ落ちそうになる。そして、慌てて受け止めようとしたライルと抱き合う形で停止した。

「ライルさん……だいたん……」

「早く起きてくれませんかね、クルリさん？」

「うゅ」

眠いせいか、またぞろ変な感じになっているクルリ。

ライルは服装も整え、準備万端となった。

次いでようやく起きたクルリも服を着替え、こちらも準備が完了した。

ちなみにだが、ヒギルは魔剣にその剣身の色と特性から、『黒く麗しき血溜まり《ラグロ・テプリー・スクロス》』を略して『グロテスク』という名前をつけた。

そして『形態によって鞘に姿を変える特殊な黒いドレス』を着せ、どこぞの令嬢のように扱っている。

魔剣幼女改め、魔剣グロテスクとヒギルには、今日出発することは伝えてある。

二人とも旅について来てくれることになり、ギルド前で待っているそうだ。

「さて行こうか」

「はい」

荷物を分担し、旅立つ用意が完璧となったライルとクルリは、世話になった宿の人達に挨拶をし、部屋を引き払った。

すっかり歩き慣れたアドベンも、今日ばかりは別の街に見える。

「あーあ、この街ともお別れか」

「また来れば良いじゃないですか。三種類の花を見つけた後にでも」

「いや、まぁ、余裕があれば寄るけど、そこまでする思い入れも無いっていうか……」

なんてたわいもない会話をしながら、二人はギルドへ向かった。

「――遅かったじゃねぇか」

ギルド前では、ヒギルがふてぶてしい態度で腕を組んでいた。

「お前が早過ぎるんだって……」

この男にはつくづくため息をつかされる。

「まぁいいや。それじゃ三人とも。行こうか」

「はい」

「おう」

「そうじゃな」

ライルの声にクルリ、ヒギル、グロテスクが返事をし、歩き始める。

こうしてライル一行は四人で街を出た。次なる土地へ思いを馳《は》せながら。

最強拳士のやりすぎ冒険ファンタジー、開幕！

「君に異世界へ行く権利を与えようと思います！」神様を名乗る少年にそう告げられた青年、小鳥遊《たかなし》綾人《あやと》。その理由は、神様が強い人間を自分の世界に招待してみたいから、そして綾人が元の世界で一番強いからだという。そうしてトラブル体質の原因だった「悪魔の呪い」を軽くしてもらった綾人は、全魔法適性MAXという特典と共に異世界へと送られる。しかし異世界に到着早々、前以上のペースでトラブルに巻き込まれてしまうのだった――

●定価：本体1200円＋税　●ISBN978-4-434-24815-3　●Illustration：yu-ri

日比野有仁《ひびのありひと》は、ある日の会社帰り、ひょんなことから異世界の森に転移してしまった。エルフのオースト爺に助けられた彼はアリトと名乗り、たくさんのもふもふ魔獣とともに森暮らしを開始する。オースト爺によれば、アリトのように別世界からやってきた者は『落ち人』と呼ばれ、普通とは異なる性質を持っているらしい。『落ち人』の謎を解き明かすべく、アリトはもふもふ魔獣を連れて森の外の世界へ旅立つ!

●定価：本体1200円＋税　●ISBN：978-4-434-24779-8　●Illustration：YahaKo

異世界で世界樹の精霊と呼ばれてます

空色蜻蛉
Sorairotonbo

覚醒した精霊の力で 命の源 世界樹を守れ!

現代日本の男子高校生・樹は、友人が勇者召喚されるのに巻き込まれ、異世界に転移してしまった。最初は一般人として過ごしていた樹だが、人の言葉を話すフクロウとの出会いで忘れていたある記憶が蘇る。なんと、樹の魂は幼い頃に異世界に渡ったことで、命を生み出す世界樹に宿る精霊になっていたのだ。現在、世界樹には異変が起きており、その影響で各地に災厄が発生しているという。異変の原因を突き止めるべく、樹は世界樹への旅を始める——!

◉定価：本体1200円+税　◉ISBN：978-4-434-24809-2　◉Illustration：Yoshimo

ネットで大人気の異世界大改変ファンタジー、待望の書籍化!

製薬会社で構造解析研究者だった持《もち》水《みず》薫《かおる》は、魔法のある異世界ガーランドに、公爵令嬢シャーロット・エルバランとして生まれ変わった。転生の際、女神様から『構造解析』と『構造編集』という二つの仕事にちなんだスキルをもらう。なにげなくもらったこの二つのスキルだが、想像以上にチートだった。なにせ、『構造解析』であらゆるもののステータスが見れ、『構造編集』でそのステータスを自由に変更できるのだ。この二つのスキルと前世の知識により、シャーロットは意図せずして異世界を変えてしまう――

◉各定価：本体1200円＋税　◉Illustration：ヨシモト

1～3巻好評発売中!

Ochikobore [☆1] Mahoutsukai wa,
Kyo mo Muishiki ni Cheat wo Tsukau....

落ちこぼれ【☆1】魔法使いは、今日も無意識にチートを使う

右薙光介
Presented by Kousuke Unagi

無能印の天才!?
☆の数が全ての世界でのし上がる!

アルファポリス人気ランキング月間第1位!

底辺魔法使いの人生逆転ファンタジー!

最低ランクのアルカナ☆1を授かったことで、冒険者としての夢を絶たれた少年——アストルは、ギルドで居つきの治癒魔法使いとして細々と活動していた。ある日、馴染みの冒険者の魔物討伐に同行したところ、彼が独自に研鑽した魔法技術と柔軟な魔法運用に、熟練冒険者達が驚愕。その力を高く買われ、アストルはパーティメンバーとして迎え入れられたのだった。頼れる仲間を得た稀代の魔法使いが、最低評価を覆す!

◉定価:本体1200円+税　◉ISBN978-4-434-24683-8　◉Illustration:M.B

現代日本で天寿を全うし、貴族の次男として異世界に転生したユータ。誰しもに使えるはずの魔法が使えないという不幸な境遇に生まれたものの、温かい家族に見守られて健やかに成長していく。そんなユータが目指すのは、前世と同じく家族を幸せにすること。まずは育ててくれた恩を返そうと、身近な人のために魔導具を作り始める。鍵となるのは前世の知識と古代文字解読能力。ユータだけが持つ二つの力をかけ合わせて、次々と便利なアイテムを開発する——!

◆定価:本体1200円+税　◆ISBN 978-4-434-24463-6　◆Illustration:又市マタロー

著：福場三築《ふくばみつつき》

修羅の国福岡県在住。血液型占いは一切信じないタイプのO型。最近バーチャルな世界に夢を抱きつつある。

イラスト：三登《みと》いつき

https://www.pixiv.net/member.php?id=4528116

本書はWebサイト「アルファポリス」（http://www.alphapolis.co.jp/）に投稿されたものを、改題、改稿、加筆のうえ書籍化したものです。

ここに採集《さいしゅう》クエストはありますか？

福場三築

2018年7月2日初版発行

編集－宮本剛・太田鉄平
編集長－塙綾子
発行者－梶本雄介
発行所－株式会社アルファポリス
〒150-6005東京都渋谷区恵比寿4-20-3恵比寿ｶﾞｰﾃﾞﾝﾌﾟﾚｲｽﾀﾜｰ5F
TEL 03-6277-1601（営業）03-6277-1602（編集）
URL http://www.alphapolis.co.jp/
発売元－株式会社星雲社
〒112-0005東京都文京区水道1-3-30
TEL 03-3868-3275
装丁・本文イラスト－三登いつき
装丁デザイン－AFTERGLOW
印刷－中央精版印刷株式会社

価格はカバーに表示されてあります。

落丁乱丁の場合はアルファポリスまでご連絡ください。

送料は小社負担でお取り替えします。

©Mitsutsuki Fukuba 2018.Printed in Japan
ISBN978-4-434-24813-9 C0093